LA COLOC

www.actes-sud-junior.fr

Éditeur : François Martin assisté de Fanny Gauvin.
Directeur de création : Kamy Pakdel.
Conception graphique : Christelle Grossin et Guillaume Berga.

ISBN 978-2-330-04820-4
Loi 49-956 du 16 juillet 1949 sur les publications destinées à la jeunesse.

LA COLOC

JEAN-PHILIPPE BLONDEL

ACTES SUD junior

À J.-B.

GIVE ME A SECOND / I NEED TO GET MY STORY STRAIGHT. C'est le début de la chanson *We Are Young* de Fun, qui me tourne dans la tête depuis un bon moment – et c'est exactement ce que je dois faire. Remettre de l'ordre dans mes idées, dans mon récit. C'est ce dont j'ai besoin, après l'année qui vient de s'écouler. Il s'est passé tellement de choses – je ne sais pas par quel bout dérouler la pelote. Quand je regarde ma vie, en ce début juillet, et ce qu'elle était il y a un an, je n'en reviens pas. J'ai accompli ma révolution. Pourtant, comme toutes les révolutions astrales, je me retrouve un an après à mon point de départ. Mais je sais que ce n'est que temporaire, que le voyage va reprendre, et vous savez quoi ? J'ai hâte.

Je m'appelle Romain Seurat – oui, comme le peintre pointilliste, mais aucun rapport avec ma famille. J'ai seize ans, j'en aurai dix-sept en novembre. En septembre, je vais retourner au lycée pour la troisième année. Je rentre en terminale littéraire. Quand je regarde par la fenêtre de ma chambre, chez mes parents, je vois le pavillon du voisin et, au-delà, des kilomètres de champs – tout au fond, la forêt, celle qui entoure le lac. L'été, cette année, a décidé de tenir ses promesses, il fait déjà très chaud, le soleil est de la partie, et pourtant je reste enfermé ici, sous les toits. Je dégouline de sueur en tapant sur les touches de mon ordinateur, mais c'est là que je me sens le mieux. Je revis. Toutes les scènes, tous les liens, toutes les logiques, tous les parfums, tous les visages. Tous ceux qui me peuplent. Ils sont loin pour l'instant – certains en Bretagne, d'autres en Méditerranée ou dans les Landes, en vacances avec leurs parents, leurs oncles, leurs cousins – mais je m'en moque. Je sais qu'ils pensent à moi. Je sais qu'ils m'imaginent, dans cette pièce étouffante – et qu'ils m'encouragent. Je suis leur narrateur.

Des traces, nous en laisserons. Des traces, cette année m'en aura laissé – des images jusqu'à la fin de mon existence. Des instants dans lesquels revenir habiter, plus tard, quand la vie ne sera pas aussi simple, quand je serai déprimé, quand je n'aurai plus goût à rien. Des moments pour se souvenir que vivre, ça vaut vraiment le coup. J'espère que les saisons à venir seront aussi riches – je croise les doigts, et surtout, j'y crois. C'est ça, la différence avec l'an dernier. En juin, je ne croyais en rien. Je n'étais pas non plus au fond du trou, simplement, les jours ressemblaient les uns aux autres, ils n'avaient aucune couleur, je pensais que ça allait continuer de la sorte jusqu'à ce que, à ma majorité, je puisse prendre les rênes, décider de ce qui allait advenir. Je ne savais pas que le changement était à portée de main. Et que j'en étais le principal instigateur. Avec un coup de pouce de ma grand-mère. Sacré coup de pouce, quand j'y pense.

Merci mamie. C'est vraiment sympa d'être morte en mai dernier.

Voilà. C'est par là que je vais commencer. Par la mort de ma grand-mère.

MA GRAND-MÈRE EST MORTE À LA MI-MAI, donc. Elle était partie avec son club de vieux faire une escapade en Belgique et en Hollande. Elle s'est bien amusée, d'après les témoignages de ses camarades, elle a même fait rire l'assemblée sur la plage de Zandvoort en racontant ses souvenirs de voyage, puis elle est montée dans le bus pour le trajet de retour, elle s'est endormie et elle ne s'est pas réveillée. Elle avait soixante-dix-huit ans. Ses compagnons de route ont été choqués mais, au fond, ils n'en attendaient pas moins d'Élise, qu'ils connaissaient tous pour son caractère bien trempé et son indépendance farouche. Ils ont convenu qu'elle n'aurait pas pu mieux mourir.

Ma grand-mère était tellement indépendante qu'elle n'avait aucun sens de la famille. Ma mère en a apparemment beaucoup souffert. C'est sans doute ce qui l'a poussée à être omniprésente et étouffante pendant toute mon enfance, jusqu'à ce que les portes claquent et que les réparties fusent au moment où j'ai chopé l'adolescence. Pour Fabienne (c'est le prénom de ma mère), c'est une maladie terrible pendant laquelle les adorables poupons se transforment subitement en êtres mutiques, vautrés sur des canapés et ne s'exprimant que par borborygmes, tout en maniant une ironie déplacée envers leurs géniteurs. Elle avait beau avoir déjà vécu ça avec mon frère aîné – qui a six ans de plus que moi et vit maintenant dans le Sud-Est où il s'essaie à la profession de commercial en canapés et salons –, elle ne s'y habitue pas, d'autant que mon adolescence semble pire que celle de mon frère.

Ma grand-mère était tellement indépendante qu'elle avait divorcé très tôt, pour se débarrasser de son mari qui avait vite trouvé consolation dans les bras d'une de ses anciennes maîtresses. Elle avait alors emménagé avec ma mère, sa fille unique, dans l'appartement qu'elle avait hérité de ses propres parents, un cinq-pièces dans le centre de la ville où se trouve mon lycée, un quartier à l'époque plutôt pouilleux mais qui a été depuis beaucoup rénové et attire aujourd'hui de nombreux trentenaires. Ma mère avait gardé des contacts avec son père jusqu'à sa mort, il y a une dizaine d'années. Avec sa mère aussi – mais peu, finalement. Ma grand-mère avait décrété très tôt qu'elle ne se voyait pas en mamie gâteau et qu'elle ne passerait pas son temps à garder ses petits-enfants ; elle avait mieux à faire, des expos à visiter, des amis à voir, des films à regarder, des livres à lire. Elle n'avait pas gâché la première moitié de sa vie à s'occuper de ma mère pour gâcher la seconde à veiller sur les rejetons de sa fille. D'ailleurs, elle avait beaucoup de travail – elle était modiste, ou styliste (je n'ai jamais compris la différence) pour une entreprise de sous-vêtements très célèbre. Ce sont même les seuls cadeaux de ma grand-mère dont je me souviens : tous les ans, à Noël, mon frère et moi avions droit aux slips les plus tendance du moment. Je rougis encore en pensant à celui sur lequel figuraient des bananes et des noix de coco. Bref, je n'ai pas eu une grand-mère que j'appelais mamie, qui sentait l'eau de Cologne et qui avait deux chats. Une grand-mère avec qui j'aurais pu partager des tartes aux pommes et des parties de rami. En fait, je la connaissais à peine et, lorsqu'elle daignait me regarder, j'avais l'impression de sentir tout le mépris qu'elle ressentait pour la vie que nous menions, mes parents, mon frère et moi, à la campagne.

C'est ça, à la campagne. On habite au bout du monde. Cela ne me posait pas de problème quand j'étais plus jeune, j'étais plutôt du genre à aimer me balader en forêt ou à dévaler les pentes en vélo, mais l'absence d'animation et surtout de personnes à qui parler a commencé à me peser, petit à petit.

Je ne sais pas si vous voyez ce que je veux dire quand j'écris "au bout du monde". "Au bout du monde", c'est à quarante-cinq kilomètres de la première ville de moyenne importance, à quinze kilomètres du plus gros village qu'on appelle ici un "bourg", là où se trouvait mon collège. "Au bout du monde", c'est un hameau de trois cent cinquante habitants, beaucoup de vieux, quelques familles, deux autres jeunes de mon âge, un qui a quitté le collège pour entrer en apprentissage chez les Compagnons, et Rémi, un geek qui passe son temps cloîtré chez lui, fils unique, cheveux plaqués sur le front, fringues informes (nous n'avons plus rien à nous dire depuis quelques années déjà).

Mes parents sont très contents de vivre ici. Ils se sont installés dans le village juste avant ma naissance, ils n'en pouvaient plus de la ville et du mouvement. Ma mère est secrétaire dans un gros groupe d'agroalimentaire à quelques kilomètres de chez nous et mon père est LE plombier-chauffagiste du secteur. Ils se sont dit que c'était l'environnement idéal pour élever des enfants : pas de pollution, hormis les énormes couches de pesticides et d'engrais chimiques déversés sur les champs, pas de voisins gênants puisque presque pas de voisins du tout, de "l'espace pour gambader", dont ils avaient apparemment manqué dans leur jeunesse. "Gambader", c'est le verbe qu'ils utilisent. Ils ne semblent pas se rendre compte que c'est un verbe normalement employé pour les animaux. À la limite pour les bambins. Les ados, eux, ne gambadent pas. Ils gambergent. Mes parents n'avaient vu qu'à court terme, ils n'avaient pas anticipé qu'un jour nous aurions quinze ou dix-huit ans et que nous péririons d'ennui. Cela n'a pas été tout à fait le cas pour mon frère parce que, dans le village où nous habitions, il avait quelques copains et surtout sa fiancée, Clara, avec laquelle il est resté de quinze à dix-neuf ans – le temps de partir à l'autre bout de la France, direction Marseille, grosse métropole, des gens plein les yeux.

Pour moi, c'est la *loose* totale. Évidemment, je ne suis pas complètement asocial. Je me suis fait des copains dans les classes du regroupement scolaire, au primaire, puis plus tard au collège – mais ils habitent à des kilomètres, et c'est toute une organisation pour se voir. En fin de troisième, un bon tiers a opté pour la voie professionnelle, un autre tiers est parti dans le bahut privé qui s'est installé à une dizaine de bornes de chez moi, et le troisième s'est retrouvé au lycée Robespierre, dans la ville la plus proche, celle où se situe l'appartement de ma grand-mère. Le choix était simple : soit l'internat, soit cinquante minutes de bus, départ de chez moi à 6 heures pour commencer les cours à 8 heures, retour vers 19 h 15. L'ambiance à la maison était plutôt électrique : les disputes avec ma mère étaient très nombreuses – elle a tout le temps quelque chose à me reprocher, je ne souris pas assez, je ne suis pas assez heureux de vivre, je suis collé à l'ordi, je n'aide pas à la maison, j'en passe et des meilleures. Et évidemment, à chaque fois, elle me compare à mon frère qui se trouve être le roi de la terre, apparemment, ce que je n'avais jamais remarqué quand il habitait encore avec nous.

C'est pour cela que j'ai opté pour l'internat. J'ai tout encaissé – les bizutages, l'extinction des feux à 10 heures, l'interdiction d'aller aux toilettes après 21 h 30, la promiscuité (je partageais ma chambre avec Thomas Rivière, dont les dons de pétomane seront bientôt reconnus sur toute la planète) – et puis, en février, le soleil semblait ne jamais se lever, les jours gris succédaient aux nuits gelées, les devoirs s'accumulaient et je n'avais jamais le temps de les finir, j'ai craqué. Un soir, je suis rentré à la maison en stop, provoquant la panique dans le lycée et chez mes parents, d'autant que mon portable était déchargé et que personne ne parvenait à me joindre. Quand l'infirmière du lycée m'a demandé, un peu plus tard, ce qui clochait à l'internat, si j'avais été victime de brimades (Pas plus qu'un autre, et c'était relativement bon enfant), si c'était l'éloignement d'avec mes parents qui était insupportable (Comment dire, madame ? Non, non), je l'ai regardée dans les yeux et j'ai répondu : "Le bruit." Je pensais qu'elle allait me demander des explications mais elle a hoché la tête en souriant et elle a murmuré qu'elle avait été interne, elle aussi.

Le bruit. Même quand il y a extinction des feux. Même quand tout le monde dort. Le ronronnement du chauffage, un robinet qui fuit, les tuyauteries qui se rebellent, le ronflement de Boris trois chambres plus loin. C'est curieux, parce que quand je m'imagine dans quelques années, je me vois vivre dans un appartement en centre-ville, avec des voitures, des voisins, des gens qui passent à l'improviste, de la musique – mais ce n'est pas la même chose. C'est un bruit choisi, pas un bruit subi. Le bruit et l'absence d'intimité. Moi, j'ai besoin de me retrouver un peu seul, pour lire, pour apprendre mes cours, pour jouer à Candy Crush sur mon portable, pour rester allongé à regarder le plafond en me demandant ce que je vais faire de ma peau. Et ça, quand tu vis en internat, ce n'est pas possible.

Le bruit et l'absence d'intimité. Le pire, c'est que c'est la même chose à la maison. Avec ma mère qui entre à tout bout de champ dans ma chambre, qui soulève les coussins, ouvre les tiroirs et fouille dans mes poches pour vérifier que je ne me drogue pas, avec mon père et sa perceuse, sa ponceuse, sa défonceuse, toujours en train d'abattre, de monter, de démonter – et quand il n'y a plus rien à bricoler, heureusement, il y a le jardin, où il peut arracher, semer, désherber. Et la radio, ou la télé, omniprésentes, avec les jingles pour les pubs, les voix des animateurs qui montent et descendent, me vrillent la tête. La seule façon que j'ai de m'isoler et de retrouver de l'intimité, paradoxalement, c'est de me caler un casque sur les oreilles et de pousser le volume à fond. Là, je me crée mon monde. Je ne le subis pas. Je le choisis.

Bref, j'ai quitté l'internat et j'ai réintégré, penaud, le domicile familial, dont l'atmosphère est devenue encore plus lourde, parce que mes parents s'étaient finalement habitués à leur nouvelle vie à deux, et parce qu'ils m'en voulaient d'avoir fait des histoires au lycée. Le truc, avec mes parents, c'est surtout de ne jamais "faire d'histoires", de ne pas se faire remarquer. Leur philosophie, c'est que l'existence est un long jour d'orage et que l'important, c'est de passer entre les gouttes sans se faire frapper par la foudre, pour arriver, hors d'haleine mais sauf, sur les rives de la retraite où, peut-être, le ciel sera clair et lumineux.

Je suis injuste envers eux. Je le sais. Mais c'est comme si, depuis quelques années, depuis le départ de mon frère aîné en fait, j'étais un poids pour eux. Ils aimeraient déjà me voir majeur, ayant émigré vers une grande ville pour faire des études et les laisser vivre tranquilles. Je suis conscient que leur couple battait de l'aile depuis pas mal de temps quand ma grand-mère est morte. Il y avait de nombreux silences agacés, des réparties cinglantes aussi. Mon père rentrait tard de son travail et passait le week-end à bricoler ou à jardiner, mes parents vivaient des existences parallèles et moi, je les forçais à se croiser. Cela va mieux, aujourd'hui. L'année qui vient de s'écouler les a rapprochés. Mon absence. Les rencontres qu'ils ont faites. L'équilibre est toujours fragile mais ils ont de temps en temps des gestes tendres qui ne trompent pas. Le ciel d'orage s'est éclairci – les gouttes s'évaporent. Et ils sont conscients désormais que je ne serai jamais un homme sans histoires.

D'ailleurs, c'est ce que je suis en train de créer, non ? Une histoire. Mon histoire.

Alors, ne plus être à l'internat, ça signifiait prendre le bus scolaire le matin à 6 heures et rentrer à plus de 19 heures. C'était très fatigant – je courais après le temps, je bâclais mes devoirs et je suis passé en première littéraire sur le fil. C'était mon choix, le littéraire – un choix qui a laissé cois mes parents, qui ne voyaient pas de qui je pouvais tenir cet intérêt pour les livres, le cinéma, la musique. Pourtant, c'est simple. La culture pour moi, c'est de l'évasion. Quand je me plonge dans un livre, dans un film ou dans un morceau, je ne suis plus moi, je n'habite plus loin de tout – je suis parisien, londonien, new-yorkais, indien – et mon existence est pleine de péripéties, de retournements, de délires, de peines, de joies immenses. Tout ce que je ne connaissais pas l'an dernier. Tout ce que j'ai expérimenté cette année. Tout ce qui peuple maintenant les romans que j'avale, les films que je regarde et les notes qui résonnent dans mon casque. Ma vie se déploie et prend de l'ampleur. Je n'en reviens pas.

Merci mamie. Le timing était exemplaire – deux ans plus tôt, c'était trop tôt, deux ans plus tard, c'était trop tard. Tu as passé l'arme à gauche juste à temps. Parfois, je me demande si tu ne l'as pas fait exprès.

UNE FOIS L'ENTERREMENT PASSÉ, il a fallu faire l'inventaire des possessions de ma grand-mère, puisque ma mère était sa seule héritière. Pas grand-chose sur les comptes en banque, puisqu'elle avait décidé de vivre à sa guise sans économiser (et sans jamais donner de coup de pouce financier à sa fille ni à ses petits-enfants, mes camarades recevaient des billets de cinquante ou de cent euros pour leur anniversaire alors que moi, rien, niet, même pas une carte, de toute façon, elle n'avait aucune idée de ma date de naissance). Mais un bien immobilier intéressant.

Un appartement, donc. Cinq pièces, trois chambres, proche du centre-ville dans un quartier calme. Quelques travaux de rafraîchissement à prévoir, si on est allergique aux grosses fleurs roses et jaunes sur le papier peint. Parquet dans toutes les pièces. Cuisine à la mode des années 1970 mais avec des appareils électroménagers flambant neufs – ma grand-mère adorait les gadgets. Une télévision dernier cri, un lecteur de DVD, des fauteuils vieux et légèrement défoncés mais un canapé vert très récent, qui jurait avec le reste.

— Mais qu'est-ce qu'on va faire de tout ça ?

Je revois ma mère, la main sur le front, tournant dans ce logement qui avait été le sien et qu'elle avait du mal à se réapproprier, anticipant surtout les multiples rendez-vous, électricité, impôts, agent immobilier, visites des acheteurs éventuels, brocanteurs, vide-greniers. Mon père se tenait à ses côtés et, comme à son habitude, il était silencieux. Mon père est un taiseux. Quand il est en colère, il claque les portes, mais il ne crie jamais ; il s'en va faire un tour pour se calmer. Il ne prend pas grande part à la cellule familiale mais je ne suis pas sûr qu'il y ait encore une cellule familiale depuis le départ de mon frère.

— Vendre !

Mon père semblait déterminé. Ma mère beaucoup moins. Elle aurait préféré avoir un peu de temps devant elle, pour trier, s'accoutumer à l'idée de la succession. Mon père a haussé les sourcils :

— Ne va pas me dire que tu es attachée à ce lieu !

Ma mère a haussé les épaules.

Ils sont passés voir un ami à eux, agent immobilier de son état. Il est venu un après-midi de juin. Il a hoché la tête plusieurs fois. Il a donné un prix, très en dessous de celui auquel s'attendaient mes parents. Il a expliqué que ce n'était pas le moment – bien sûr, on trouverait preneur, mais dans une fourchette basse, la faute à la crise, et aussi au fait que ce secteur était surtout prisé par des jeunes couples ou des trentenaires qui préféraient investir dans des logements de deux ou trois pièces. Pour les familles déjà installées, l'environnement était trop bruyant. Elles préféraient l'agglomération, les quartiers pavillonnaires. Il a répété qu'il conclurait sans doute, mais que cela pourrait mettre un peu de temps. Il a parlé de six mois, un an – c'était la moyenne pour des appartements de ce prix-là, dans ce coin précis. Ma mère tirait une tête de trente pieds de long. Mon père fronçait les sourcils.

Le soir même, il y a eu une grande discussion à la cuisine, et j'ai été relégué dans le salon, mais comme la porte était entrouverte, j'entendais tout. Il a été question de se passer des agences, de mettre directement l'appartement sur un site marchand, mais cela nécessitait de la disponibilité et un moral à toute épreuve. Il a aussi été question de louer, même si cela leur faisait peur – il fallait choisir le bon locataire, on n'était jamais sûr de rien, personne n'était à l'abri de mauvais payeurs ou de dégradations. À un moment, ma mère a poussé un soupir – si seulement Nicolas était resté dans la région au lieu de partir dans le Sud-Est, il aurait un logement tout trouvé.

C'est là que je suis intervenu.

Honnêtement, j'avais le cœur qui battait la chamade depuis une bonne demi-heure. L'idée que j'allais leur soumettre, je la tournais et retournais dans tous les sens depuis une quinzaine de jours. J'avais revu *L'Auberge espagnole*. Je m'étais documenté sur internet. Je savais que j'avais peu de chances d'être entendu – même quasiment aucune – mais je m'en serais voulu toute ma vie de ne pas avoir essayé. Et je n'aime pas avoir des regrets. Des remords, pourquoi pas. Mais des regrets, non.

Je suis entré dans la cuisine et j'ai lancé :

— Moi, j'ai la solution.

Ma voix était mal assurée et je me trouvais trop théâtral, mais je n'avais rien à perdre. Ils ont tous les deux tourné la tête vers moi en même temps.

— Je peux l'habiter, moi. Et faire de la colocation.

Il y a eu quelques secondes de silence et, dans cet intermède, je me suis rendu compte qu'il y avait une infime possibilité pour qu'ils cèdent. En tout cas une faille que je pourrais exploiter.

Évidemment, ensuite, les hauts cris de ma mère, et le chapelet d'arguments logiques (très logiques) et pertinents (très pertinents) pour refuser une telle aberration. La jeunesse, bien sûr. Trop jeune pour tout : pour faire la cuisine, le ménage, la lessive, vivre seul, concilier études et vie quotidienne. Trop jeune pour se rendre compte qu'il ne faut pas faire de bruit, qu'il faut se lever à l'heure, nettoyer la salle de bains, gérer un budget, faire les courses, ne pas se coucher tard, ne pas passer son temps sur l'ordi. Elle montait dans les aigus, j'ai eu peur qu'elle nous fasse une syncope.

À côté d'elle, mon père restait impassible – mais il me fixait avec une intensité que je ne lui avais jamais vue. C'était comme s'il me scannait ; il plongeait dans mes yeux, descendait le long du nez, de la bouche jusqu'à la pomme d'Adam, et remontait à la racine des cheveux. Je me suis senti rougir. C'était bien la première fois que mon père me faisait cet effet-là. Il a coupé la parole à ma mère – dont le discours semblait ne plus avoir de fin – et il a dit :

— Nous allons tous aller nous coucher, nous sommes fatigués, nous en reparlerons demain.

Même ma mère en a été soufflée. Elle semblait soudain découvrir que son mari était doué de parole. Elle a protesté pour la forme, a répété que c'était hors de question, que je me tienne cela pour dit, ils allaient vendre de toute façon, et elle s'est dirigée vers la salle de bains pour se brosser les dents. Mon père me fixait toujours. Avant de quitter la pièce, il a eu un demi-sourire et il a dit :

— Toi, quand tu as une idée derrière la tête, tu es comme ta mère. Et il a ajouté : Attention, ça va être la corrida.

Quelques pas. Une pause. Et l'estocade :

— Enfin, ça ne changera pas beaucoup. C'est la corrida régulièrement, entre vous.

La corrida, elle a eu lieu. Ma mère dans le rôle de la vachette et moi, agitant la cape rouge, et vice-versa. Des éclats de voix, des refus définitifs, des tractations, pendant presque trois semaines – je savais que ma mère espérait sans doute que dans cet intervalle des clients potentiels se présenteraient pour acheter l'appartement et, hop, l'affaire serait entendue. Il y a eu quelques visites – mais à chaque fois les mêmes remarques, celles qu'avait anticipées l'agent immobilier : *Trop cher. Dans un quartier bruyant, tout de même. Non, non, c'est un bel appartement mais ce n'est pas pour nous.* Sourires. Amabilités feintes. Je savais que ma mère s'épuiserait peu à peu. Elle est *cash*, on ne peut pas lui reprocher d'être hypocrite. Elle t'envoie à la figure ce qu'elle a envie de te dire. Le problème, souvent, c'est qu'elle ne réfléchit pas assez avant de parler et que, du coup, elle se trouve à regretter des paroles qui ont dépassé sa pensée. Mais je préfère ça. L'honnêteté. Même si cela amène des disputes fréquentes. En fait, je la respecte pour ça. Je ne sais pas si je suis aussi droit qu'elle. Mon point fort, c'est l'argumentation. J'ai toujours les meilleures notes dans les devoirs où il faut peser le pour et le contre ou exposer un problème de façon logique. Cela devrait faire de moi un scientifique. Pas du tout. Ce que je peux appliquer en lettres et en langues, je suis incapable de le transformer en symboles et en chiffres. Je ne me l'explique pas.

Nuit après nuit, j'avais eu le temps de peaufiner mes arguments. Premièrement, l'argent. Facile. Je reprenais ce qu'avait avancé l'agent immobilier. Ils le revendraient plus tard, quand le marché irait mieux et, en attendant, ils ne paieraient plus l'internat. Les autres colocataires (deux, puisqu'il y avait trois chambres) prendraient en charge leur part de loyer qui servirait à régler les impôts et les charges. Dans deux ans, après mon bac, il serait largement temps de décider quoi faire de ce logement. Tout dépendrait si je continuais mes études ici ou pas. Et d'ailleurs, peut-être même que dans deux ans, mes parents souhaiteraient quitter la campagne.

Deuxièmement, on reviendrait à la situation de l'année précédente – je serais absent cinq jours seulement, on se verrait aussi le mercredi après-midi, on pourrait faire les courses ensemble si elle voulait, ou je lui donnerais ma lessive, enfin, c'est elle qui verrait. Pour le quotidien, il ne fallait pas se faire de soucis, je savais me faire à manger, au besoin je développerais des talents culinaires pendant les vacances d'été, je pouvais passer l'aspirateur et nettoyer, même si ce ne serait jamais aussi propre qu'ici (toujours brosser les parents dans le sens du poil pour atteindre son but). Et puis ce serait une formidable façon de m'apprendre la maturité et l'indépendance, puisqu'elle me reprochait souvent de ne pas me comporter en adulte et de ne pas “me rendre compte”.

Elle entendait – mais elle ne voulait rien entendre. Je n'étais pas sûr de gagner la partie. Il y avait quelque chose de dur en elle qui ne voulait pas céder. J'étais presque sur le point d'abandonner quand un soir, après une énième discussion, c'est elle qui a craqué en premier. Craqué craqué. Ma mère en larmes sur le canapé et moi, désemparé. Parce que je n'avais pas l'habitude. Parce que je me sentais coupable. Parce que c'est moi qui avais tout enclenché. Alors, j'ai fait quelque chose que je n'avais pas fait depuis au moins trois ans, je l'ai entourée de mes bras en lui murmurant que ça allait passer, que tout cela n'était pas si grave. C'est comme ça que mon père nous a trouvés quelques minutes plus tard. Ma mère s'est dégagée pour prendre des mouchoirs en papier et elle a expliqué qu'elle avait l'impression d'être une mauvaise mère si elle acceptait, qu'on dirait qu'elle s'était débarrassée de moi, et puis elle avait peur, oui, peur, pour moi : tout seul, ce n'est pas la même chose qu'encadré par les adultes de l'internat, ça n'a rien à voir.

C'est là que mon père est intervenu. Il s'est assis à côté d'elle et il a simplement expliqué que, depuis le début, il trouvait que c'était une excellente idée. Culottée, mais excellente. D'abord, je ne serais pas seul, puisqu'il s'agirait d'une colocation. Et puis les téléphones portables n'existaient pas pour les chiens et, au moindre problème, ils rappliqueraient. De toute façon, ils suivraient de près l'évolution des notes (et la courbe de mon poids, pour savoir si je m'alimentais correctement). Le contrat pouvait être révocable à tout moment – mes deux colocataires éventuels pourraient rester pour la suite de l'année, pas moi, si je me mettais à déconner.

Nous étions bouches bées, ma mère et moi, côte à côte sur le canapé. Mon père ne nous avait jamais parlé aussi longtemps. Surtout pour exprimer réellement une opinion. Il a commencé à me fixer comme il l'avait fait quelques jours auparavant et il a lancé :

— Le truc, c'est de trouver des colocataires sérieux. Sur lesquels on peut compter.

J'ai hoché la tête. Je ne m'étais même pas posé la question. Je me suis aperçu à ce moment-là que, au fond, j'étais convaincu qu'ils refuseraient. J'ai eu envie de les embrasser. Je l'ai fait mais ma mère s'est levée en disant qu'elle avait mal à la tête et que je ne me fasse pas de fausses idées, elle n'avait pas encore accepté.

Avant de quitter la pièce, mon père a souri et, en fixant le mur derrière mon épaule, il a murmuré qu'il aurait adoré cela, à l'adolescence.

Quand je suis allé me coucher, mon cœur battait à tout rompre. Je suis resté allongé longtemps dans le noir, les mains derrière la tête, à tenter de ne pas imaginer la suite.

ÉVIDEMMENT, ELLE N'A PAS RENDU LES ARMES tout de suite. Elle opposait de la résistance – mais je sentais que c'était pour la forme. Elle me testait. Elle voulait me voir exploser, lancer des injures définitives qui auraient scellé la fin de toute discussion. Je me suis contenu. Je suis resté calme, presque impassible. Je me représentais une falaise, en Bretagne. Je me minéralisais.

On était tout début juillet, je n'avais plus cours depuis longtemps (ça, c'est l'avantage de la seconde), j'avais eu confirmation de mon passage en 1re L et je me rendais compte que, dans l'année, je n'avais pas réussi à lier de réels liens avec qui que ce soit. Disons que, une fois le bahut fermé, je n'avais pas grand monde avec qui échanger autre chose que quelques SMS et quelques commentaires sur Facebook. Ma mère est rentrée du travail. Elle a posé son sac sur la table de la cuisine, elle a soupiré et elle a dit :

— Rémi est intéressé par la colocation.

J'étais très partagé. D'un côté, je constatais que l'idée avait fait son chemin et il y avait de quoi sauter au plafond de joie. De l'autre, ça commençait remarquablement mal : Rémi, honnêtement, il y avait de quoi passer par la première fenêtre. Elle n'avait pas besoin de donner son nom de famille, on n'en connaissait qu'un, de Rémi.

Je le côtoie depuis le primaire. Il est arrivé dans l'école quand j'étais en CM1. Au collège, heureusement, on n'était pas dans la même classe (normal, c'est le genre à faire bilingue allemand avec latin en prime), et en seconde non plus.

Rémi, c'est un concept. Le genre très fort dans les matières scientifiques et en informatique, qui passe des heures à bidouiller sur son ordinateur pour pouvoir jouer à des jeux vidéo en réseau avec des amis virtuels habitant l'autre bout de la planète. Le genre qui ne décolle pas les yeux de son écran même quand une fille canon passe dans son champ de vision. À sourire quand il se brûle. À ne pas savoir en quelle saison on est. Le geek dans toute sa splendeur. Avec une coupe de geek, des fringues de geek, un physique de geek. Ce n'est pas qu'il soit moche – enfin, personne ne sait vraiment à quoi il ressemblerait s'il ne ressemblait pas à Rémi. Inutile de dire que son pouvoir de séduction est proche de zéro, qu'il rase les murs au lycée et que, à part les profs de maths et de physique, personne ne retient son nom.

L'internat a été un enfer pour Rémi, bien plus que pour moi. Il était celui qu'on enfermait dans les toilettes. Celui qu'on poussait dans le couloir. La victime parfaite mais qui ne se plaignait pas. À tel point qu'à un moment, les attaques ont cessé. Ce n'était même plus intéressant pour ses agresseurs, il aurait fallu qu'il geigne. Je n'ai jamais fait partie de ceux qui le maltraitaient, mais je n'ai rien fait non plus pour qu'il se sente plus intégré, ni pour me rapprocher de lui. De toute façon, je suis sûr qu'il ne me calculait pas. Plus égoïstement, j'étais soulagé qu'on s'en prenne à quelqu'un d'autre qu'à moi.

Disons que, pour partager l'appartement, j'aurais souhaité un colocataire plus flamboyant, du genre à attirer du monde chez nous, à transformer notre antre en QG d'après-lycée, avec discussions interminables, crises de fou rire et amitiés éternelles. À amener des filles, aussi. Je n'ai pas tenu la main de quelqu'un depuis la fin de la troisième – brève histoire sans intérêt avec Margaux Lisieux qui trouvait que je ressemblais vaguement à Edward dans *Twilight*. Et ça commençait à me manquer. Deux toutes petites relations sans intérêt depuis le début de ma puberté, c'était peu. Rien l'année dernière. Une traversée du désert – j'espérais qu'elle ne se prolongerait pas trop longtemps.

J'ai vu le sourire de ma mère. Évidemment, elle devinait bien que, pour moi, Rémi était un boulet. C'était un atout pour elle. D'abord, parce que ça me ferait peut-être reconsidérer ma position. Ensuite, parce que, si j'insistais quand même, elle était persuadée qu'avec Rémi dans le même appartement, je n'aurais pas d'autre choix que d'être studieux, de me coucher tôt et de ne pas faire de bruit. J'ai encaissé le coup. Il fallait que je garde l'objectif en tête, et l'objectif, c'était l'appartement de la grand-mère, des soirées de liberté et l'assurance (même avec Rémi) d'attiser la curiosité de mes congénères. Peu de lycéens habitent seuls et les rares qui jouissent de cette indépendance sont en terminale. J'allais faire connaître ma nouvelle situation et j'étais convaincu qu'elle redorerait mon blason. Vivre en colocation, c'était un bond dans la popularité. Ils allaient tous en baver d'envie – bon, certes, un peu moins quand ils sauraient que je partageais le logement avec Rémi, mais quand même.

Les parents de Rémi tenaient à ce que leur fils ait la paix, ce qui n'avait manifestement pas été le cas au lycée l'an dernier. Ils paieraient un tiers du loyer (ou la moitié si nous ne trouvions pas de troisième comparse), ainsi qu'une partie des charges et des impôts locaux. En outre, ils lui donneraient de l'argent pour les courses. La mère de Rémi et la mienne sont collègues. Son père travaille à la centrale nucléaire, à l'autre bout du département. Ils n'ont eu qu'un fils. Ils feraient tout pour qu'il soit heureux. Personne n'ose leur dire que c'est peine perdue.

J'ai accepté. De toute façon, ce n'est pas comme si j'avais le choix. Rémi est venu un soir avec ses parents. Il ne m'a pas serré la main et m'a à peine jeté un coup d'œil. Il a laissé ses parents faire la conversation. Lorsqu'ils sont repartis, mon père a éclaté de rire et a lancé :

— Eh ben, tu t'es dégoté un copain de fiesta, on dirait ! Ne reste plus qu'à trouver le troisième larron !

Je suis allé m'enfermer dans ma chambre. Là, au moins, en regardant les étendues céréalières et betteravières par la fenêtre, je pouvais me persuader que j'avais fait le bon choix.

LE TROISIÈME LARRON, CE FUT MAXIME. Je n'en reviens toujours pas – même maintenant, un an après, même après tout ce qui s'est passé cette année, tout ce que j'ai appris, tout ce qui m'a emporté, déçu, amusé, énervé, ému, perdu.

Maxime, c'était l'un des garçons les plus populaires du lycée. Il habitait à la campagne aussi, de l'autre côté du département, mais son histoire familiale l'enveloppait d'un brouillard mythique qui intriguait et attirait. Un frère aîné et un père résidant à Londres, une mère divorcée, ex-comédienne reconvertie dans la création de bijoux, ayant rompu avec sa vie trépidante pour retourner vivre là où elle avait été élevée. Des connaissances dans le milieu artistique anglo-saxon qui venaient parfois lui rendre visite – un défilé de voitures décapotables, jaunes, rouges et noires, passagers cheveux au vent le long des champs de blé, dépassant en vrombissant les engins agricoles. Maxime, c'est le rejeton de tout cela. Il a hérité d'un ascendant naturel – ce charisme que je déteste parce que je le jalouse. Comme tous les autres, j'ai rêvé toute l'année de seconde d'être son pote. Son meilleur ami à qui il confierait ses espoirs et ses désillusions. En contrepartie, il me léguerait un peu de l'éclat qui le faisait resplendir. Je sais, c'est pitoyable, mais la vie des lycéens est remplie de moments pathétiques. Évidemment, la plastique de Maxime est irréprochable, à force de surf dans le Pays basque et de ski sur les pistes alpines. Bref, le beau gosse dans toute sa splendeur. Ajoutez à cela une façon de fixer les profs qui frise l'insolence, des notes en dents de scie selon le niveau de travail fourni, une guitare à portée de main, un sourire ravageur et vous avez le cocktail parfait pour créer le roi de la promo.

À l'internat, ça n'a pas fait un pli. Un trimestre d'adoration de la part des surveillants et des CPE, un trimestre de déception devant les âneries commises par le demi-dieu, un trimestre de détestation. J'ai remarqué que ça se passait souvent comme ça, avec Maxime. Je connais plusieurs élèves qui, après l'avoir adulé, l'ont rejeté – mais cela passe, évidemment, pour de l'envie et de l'amertume. Ce qui est sûrement en partie le cas. Je n'ai jamais été proche de Maxime. Je crois qu'il ne connaît même pas mon nom – bien qu'à l'internat, nous dormions au même étage. J'ai passé une partie de mon temps à l'observer, dans l'espoir de trouver la recette du charisme. J'ai fait chou blanc – mais c'était intéressant, malgré tout. J'ai remarqué quelques failles : une nervosité, certains soirs, qui le poussait à arpenter le couloir en se passant la main dans les cheveux (qu'il porte longs et bouclés) et à rire trop fort, et aussi des tics – une tendance à se gratter l'avant-bras gauche et puis le cou. Il passe en première ES – économique et social. Tout le monde le sait. Tout le monde lui prédit un avenir brillant, dans le journalisme ou l'événementiel. Simplement, cet avenir-là ne passe pas par l'internat. Les CPE ont refusé net de renouveler leur confiance. Maxime est en carafe pour l'an prochain. Et ça, personne ne le sait, à part sa mère, ma mère et moi.

Ce qui m'a scié, c'est que ça n'a pas rebuté ma mère. Ce n'est qu'après quelques minutes de conversation que j'ai compris pourquoi. En fait, la mère de Maxime – Hélène, ou Ellen, selon la langue – était apparemment dans la classe de la mienne quand elles étaient au lycée. Elles se seraient bien amusées ensemble jusqu'au départ de la dénommée Hélène en Grande-Bretagne, avec perte et fracas, à dix-huit ans. Fabienne, ma mère, savait qu'Hélène était revenue, mais leurs chemins ne s'étaient pas recroisés – elles ne s'étaient entraperçues qu'à l'hypermarché et ce n'était ni le lieu ni le moment de refaire connaissance. La semaine précédente, Hélène avait vu l'annonce que ma mère avait mise à la boulangerie – c'était la solution rêvée pour son fils : de l'indépendance, mais de la compagnie. Elle serait tellement soulagée. Bien sûr, elle comprendrait que nous refusions, les états de service de son fils n'étant pas des plus rassurants, mais il avait promis de s'amender et de travailler sérieusement cette année, et elle avait décidé de lui laisser une chance. Le car de ramassage, c'était vraiment trop long et elle, elle devait souvent se rendre à Paris ou à Londres dans la semaine, pour rencontrer ses fournisseurs et ses clients ; nous l'ignorions sans doute mais elle créait des petits bijoux, des colliers, des bracelets, du toc, mais joli, des carrés, des rectangles, des saphirs, des améthystes, enfin, elle ne comprenait pas pourquoi elle nous racontait tout ça. Petit rire.

Ils étaient là en face de nous, tous les deux.

Hélène, blonde rousse, yeux verts, grande, vive, mince, nerveuse, jouant avec les deux bagues qu'elle portait à l'annulaire. Maxime, même regard que sa mère, cheveux longs aussi mais bruns, fixant ses pieds, se demandant ce qu'il venait faire dans cette galère. Hélène, s'apprêtant à commencer une phrase puis y renonçant pour soupirer : "C'est incroyable." Elle faisait référence à ses retrouvailles avec Fabienne. Elle ne s'y attendait vraiment pas. Elle ne connaissait pas le nom marital de Fabienne. Ma mère, de son côté, avait eu le temps de s'y préparer depuis qu'Hélène avait décliné son identité en prenant rendez-vous. Elle s'était renseignée. Elle avait pensé que ce serait l'occasion de se revoir, toutes les deux, pour évoquer leur passé et l'avenir de leurs enfants :

— Qu'est-ce que tu en dirais, Hélène ?

Hélène force un sourire et répond :

— Oui, pourquoi pas, ce pourrait être marrant.

Marrant. Maxime a relevé la tête en même temps que moi. Nos regards se sont croisés. Nous avons souri de concert. Personne n'utilise plus le terme "marrant" depuis au moins une décennie.

— Et maintenant les garçons, vous n'avez qu'à aller faire un tour pendant qu'on discute des détails pratiques !

Les garçons. Nouvel échange de regards – nous nous retenions de rire. J'ai demandé :

— Intérieur ? Extérieur ?

Et Maxime a répliqué :

— Dehors, cela fait tellement longtemps que je ne suis pas allé me promener dans la forêt. Ça doit être *marrant.*

Nous avons marché quelques minutes dans les rues désertes du village. Je n'en revenais toujours pas d'être là, aux côtés de Maxime Lagniel. C'est lui qui a commencé à parler. Nous avons bifurqué à travers champs, nous nous sommes dirigés vers le bois dans lequel mon frère avait construit une cabane à une époque qui me paraissait si lointaine, tout à coup.

— Tu as toujours vécu là ?

— Malheureusement, oui.

— Pourquoi malheureusement ?

— Jette un coup d'œil. Rien à des kilomètres. Aucune animation. Très différent de Londres, non ?

— Oh, Londres… Tu n'es pas parti de l'internat à un moment, l'année dernière ?

— Si. En février. Ravi que tu l'aies remarqué.

— Tu la sens comment, cette coloc ?

Je ne pouvais pas lui expliquer tout ce qui s'entrechoquait dans ma tête. J'ai haussé les épaules. J'ai répondu que c'était mon idée, au départ. J'ai raconté la mort de ma grand-mère, les atermoiements de mes parents, la vente envisagée. J'étais devenu un vrai moulin à paroles. Je m'en suis rendu compte. Aussi, je me suis arrêté brusquement. J'ai ri. Je me suis excusé. J'ai précisé que je n'étais pas comme ça, normalement. C'est juste que j'étais stressé.

— Stressé par quoi ?

— Mais par toi, Maxime. Évidemment, par toi. Tu sais bien la réputation que tu as, au lycée. Tout le monde rêverait d'être ton ami !

— C'est très exagéré !

— Non, je ne crois pas, non. J'ai un peu peur que tu ne nous fasses faux bond, à un moment. Que tu trouves mieux ailleurs. Rémi et moi, nous ne formons pas le tandem le plus fun du monde.

Maxime a ri, et quand il rit, c'est de la racine des cheveux à la plante des pieds. Tout son corps participe.

— Trouver mieux ailleurs ? On dirait qu'on va vivre en couple !

— Disons qu'on va habiter ensemble. Comme un couple qui brûlerait les étapes et s'installerait avant de se connaître.

— Pas faux. Rassure-moi, il n'y a rien de sexuel là-dessous ?

— Pas de mon côté. Et Rémi ne compte pas. Rémi ne couche qu'avec des cyborgs.

— Je ne suis pas sûr de savoir de qui il s'agit.

— Normal. Ne t'inquiète pas, il n'est pas très sûr de son identité non plus. Ça dépend de son jeu préféré du moment.

— C'est un geek ?

— Fois dix. L'avantage, c'est qu'il n'est pas dérangeant. Tu le poses dans une pièce avec ses deux ordis, ses manettes, même pas besoin d'imprimante, il ne bouge plus.

— Il faut l'arroser de temps en temps ?

— Même pas. D'ailleurs, je ne pense pas qu'il boive. D'alcool, j'entends. Il doit vivre de guerre virtuelle et d'eau fraîche.

— Tu n'as pas l'air de l'apprécier.

J'ai soupiré. J'ai expliqué que Rémi n'était pas la personne que j'aurais choisie pour partager un appartement, mais que j'exagérais sans doute – c'était un poids mort, mais pas un rocher qui bloquait l'entrée.

— Tu parles toujours par images, comme ça ?

— Hein ?

— Tu ne t'en rends pas compte ? Tu utilises des métaphores à longueur de temps.

— C'est mon côté littéraire, ça.

— Et Rémi, il rentre en quoi ?

— Première S. Bien sûr.

— S, ES, L, donc.

— Ça y est, j'ai trouvé l'adjectif.

— Pardon ?

— Pour répondre à ta première question. L'adjectif, c'est "flamboyant". Cette colocation, je la veux flamboyante.

Maxime s'est arrêté à l'orée du bois et a sorti une cigarette. Il m'en a proposé une, j'ai décliné – j'avais crapoté un peu, ça ne m'avait pas plu et surtout, ça coûtait beaucoup trop cher.

— Flamboyante, tu dis. J'aime bien cette idée-là.

Et nous sommes restés comme ça, silencieux, quelques minutes, à regarder droit devant nous.

Et devant nous, il y avait une année pleine de promesses.

LES VACANCES ONT FILÉ à une rapidité ahurissante. L'an dernier, je comptais les jours qui me séparaient de l'entrée au lycée, cette année je n'en ai pas eu le loisir. D'abord, il a fallu jouer mon rôle de gentil enfant bien élevé pendant les deux semaines qu'on a passées en famille au camping à Royan. Je pensais que ça serait l'horreur parce que les copains que je m'étais faits les années précédentes ne revenaient pas (ils allaient en séjour linguistique en Angleterre ou en Espagne), mais j'ai noué d'autres liens et j'ai multiplié les activités. Je me suis entraîné à être social et spirituel – j'ai testé les bons timings pour envoyer des vannes bien senties. N'empêche, j'avais quand même hâte de rentrer.

D'abord, parce que ça voulait dire travailler avec mon père dans l'appartement pour combler les fissures, décoller le papier peint et repeindre le tout en blanc. C'est ce que nous avions décidé, blanc, salissant certes, mais passe-partout, ça nous irait à nous comme ça conviendrait aussi aux futurs acheteurs. On a également fait un peu d'électricité et de plomberie – mon père m'a enseigné les rudiments et j'ai bien aimé apprendre pour une fois quelque chose d'utile. Déboucher les WC par exemple, ou monter une prise. Auparavant, il a fallu se débarrasser du mobilier et des souvenirs entassés par ma grand-mère. Nous avons sacrifié ce qui était vraiment trop atroce et nous avons gardé les quelques meubles qui nous seraient encore utiles. Nous avons entassé ce qui restait – livres, disques, papiers, étonnamment peu de photos et de lettres – dans des cartons que nous avons scotchés et marqués au feutre ; et nous avons remisé tout cela dans le cagibi coincé entre la salle de bains et la chambre de Maxime. Maman avait dit qu'elle ferait le tri plus tard, quand elle aurait le courage.

Il n'a pas fait trop chaud pendant la deuxième quinzaine d'août, et j'étais bien là, à appliquer des couches de peinture pendant que mon père sifflotait, à côté de moi, dans la demi-pénombre des volets fermés. Cela ne nous était pas arrivé depuis longtemps, mon père et moi, de partager autre chose qu'un repas quasi silencieux.

À un moment donné, il s'est arrêté de peindre, a embrassé du regard la pièce, ma future chambre, et il a lancé :

— Vraiment, j'aurais adoré ça, la colocation. Mais ce n'était pas la mode à l'époque ; la tendance, c'était plutôt chambre sous les toits avec WC et douche à l'extérieur. Et puis ce n'est pas comme si j'avais fait des études longues.

— C'est gentil de m'avoir épaulé, en tout cas.

— Tu sais… Ta grand-mère… (Il jette un coup d'œil par-dessus son épaule comme si elle pouvait être là.) Elle… Une des raisons qui l'ont poussée à presque couper les ponts avec nous, c'est qu'elle pensait que ta mère aurait pu trouver mieux que moi.

— Pardon ?

— Tu as bien entendu. Elle lui a dit clairement que, bon, elle avait dégoté chaussure à son pied, mais que ce n'était pas un escarpin brillant avec haut talon, qu'on porte lors de soirées en ville – plutôt une basket bon marché achetée chez un soldeur. Confortable pendant un certain temps mais qui s'use vite. Pas de qualité. Seul le prix était intéressant. En gros, je gagnais un peu d'argent, certes, mais j'étais chiant à mourir.

— Je... Je ne sais pas quoi dire.

— Oh, il n'y a rien à ajouter, tu sais. Elle n'avait pas complètement tort. Ta mère, c'est une pépite, il faut savoir la faire briller, je ne suis pas le meilleur dans ce rôle-là. Comme tu l'as peut-être soupçonné, nous avons failli divorcer, il y a deux ans. Quand tu étais à l'internat, l'an dernier, nous avons tenté un rapprochement. Et puis tu es revenu, et les conflits avec. C'est pour ça aussi que j'étais pour cette colocation. Égoïstement. J'essaie de la reconquérir.

— En même temps, elle... enfin, ça ne lui irait pas du tout, des escarpins brillants à hauts talons. C'est du toc !

— C'est gentil, mais ce n'est pas tout à fait exact. Bon, les fissures ne vont pas se reboucher toutes seules. On y va ?

D'un seul coup, la vie m'est apparue plus complexe. La mienne, celle de mes parents, celle de mon frère peut-être, celle de ceux avec lesquels j'allais habiter. Il faudrait que je me souvienne de cela. Que tout est moins tranché qu'on l'imagine. Qu'il y a de l'émoussé.

De l'usé. Des failles et des fêlures. Nous avons repris le travail mais, à un moment donné, j'ai posé le pinceau, et je suis allé dans les bras de mon père. Je crois que ce n'était pas arrivé depuis les cauchemars que je faisais quand j'avais six ou sept ans. Rien que pour ça, la colocation, ça valait le coup. Alors que ça n'avait même pas commencé.

NOUS NOUS SOMMES RÉUNIS dans l'appartement refait à neuf la dernière semaine d'août, Rémi, Maxime et moi. Nous avons amené nos affaires, nos meubles ; nous avons établi notre territoire. Nos parents nous avaient accompagnés, mais nous les avons poliment congédiés, nous devions discuter, planifier, expliquer, justifier nos habitudes, nos détestations, nos goûts, nos emballements. Tout mettre sur la table pour qu'il n'y ait pas trop d'accrocs.

Bon, la première chose que nous avons faite, quand nos parents ont tourné les talons, c'est de hurler – de joie, de soulagement. Nous étions tous les trois tendus – nous n'étions pas sûrs qu'ils iraient jusqu'au bout, nous étions convaincus qu'à un moment ou à un autre, ils allaient dire non, ce n'est pas possible, retourne à l'internat, reprends le bus, c'est une idée stupide, la colocation, à seize ans. Enfin, pour être plus honnête, Maxime et moi on a hurlé comme des sauvages en frappant dans nos mains tandis que Rémi se fendait d'un demi-sourire.

Ensuite, les négociations. Qui fait quoi à quel moment, afin que l'appartement ne ressemble pas à une porcherie en moins de deux. Nous commencions à discuter quand Rémi a sorti de sa sacoche un tableau à double entrée déjà finalisé – vaisselle, ménage, lessive, débarrasser la table, vider le lave-vaisselle, avec des croix, des ronds et des carrés. Maxime a écarquillé les yeux et a lancé :

— Tu ne crois quand même pas qu'on va tenir ton planning comme si on était à l'armée ?

Rémi s'est contenté de sourire et il a pointé du doigt que, si l'on regardait attentivement, c'était lui qui se chargeait des deux tiers des tâches : il était allergique aux acariens, il passerait donc l'aspirateur et laverait la cuisine et la salle de bains à grandes eaux, cela ne le dérangeait pas, il avait l'habitude. Maxime et moi, nous hochions la tête, comme deux petits chiots. D'accord, d'accord. Finalement nous étions contents que quelqu'un ait pris la décision à notre place.

Les repas, ensuite.

Dresser une liste de ce qu'on détestait et de ce qu'on appréciait – en dehors des pizzas, hamburgers, sandwichs et pâtes bolognaise qui avaient l'agrément de tous – sauf de Rémi qui avait une sainte horreur des hamburgers et de la sauce bolognaise. Il y avait quelque chose de vraiment excitant à écrire le nom des aliments, l'impression de prendre son existence en main. Pendant les vacances, j'avais appris à cuisiner avec ma mère. Le basique. Le quotidien. Les boîtes de conserve. Les surgelés. La viande hachée. Le poulet, à la poêle, au four. Les œufs au plat, à la coque, en omelette. Les salades possibles. Rien de plus. De toute façon, à la maison (enfin dans la maison de mes parents), la cuisine n'est pas une fête. Ils se débrouillent, l'un comme l'autre, avec des recettes simples mais l'idée de confectionner des gâteaux ou d'élaborer des plats différents ne les effleure pas – pour ça il y a le restaurant, une fois par semaine, où, évidemment, ils prennent toujours la même chose. Ceci dit, je n'ai pas à me plaindre, ils ne me font pas ingérer des ingrédients que je déteste et je mange toujours à ma faim. Ma liste reflétait leurs goûts et aurait pu passer pour un menu de cantine. Maxime, bien sûr, de retour d'un mois à Londres chez son père et son frère, avait épicé sa liste de curry et de paprika – de noms de plats indiens, indonésiens, slaves, un tour du monde culinaire. Cela m'aurait légèrement agacé s'il n'y avait eu Rémi. Rémi et sa liste ahurissante. Tous les légumes et les fruits possibles et imaginables. Des plats végétariens dont même Maxime, avec sa longue habitude des Anglo-Saxons, n'avait jamais entendu parler, et qui devaient prendre des heures à concocter.

— Bon, ai-je dit, perplexe, maintenant il faut combiner les trois.

Maxime a eu un moment de panique et a balbutié qu'en fait, il ne savait pas faire grand-chose, qu'il était plutôt habitué au *take away*, le repas préparé qu'on passe chercher chez le traiteur ou au resto du coin, on ne pouvait pas faire ça plutôt, ça évitait de se prendre la tête et puis ça réduisait la vaisselle ? Rémi a répondu très calmement que premièrement nous n'avions sans doute pas le même budget par mois, et que deuxièmement ce budget nous ne voulions peut-être pas tous le dilapider de la même façon. Si chacun souhaitait faire bande à part, pas de souci, lui-même pourrait très bien subvenir à ses besoins – d'ailleurs, dans le frigo on gardait chacun un étage et on étiquetait ce qui nous appartenait, non ?

Là, j'ai eu un moment de déprime, tout à coup. J'avais imaginé autre chose. Moins d'individualisme. Plus de solidarité. C'était idiot, je m'en rendais compte, nous nous connaissions à peine, il n'y avait aucune raison pour que nous formions une équipe – mes illusions fondaient. Je ne pouvais m'en prendre qu'à moi-même. J'ai roulé ma liste en boule, j'ai répondu froidement que chacun allait se débrouiller, nous n'étions pas obligés de mimer l'amitié, nous n'étions que colocataires, pas besoin de se prendre la tête. J'ai ajouté que j'avais mal à la tête, que j'allais avaler un cachet et me réfugier dans ma chambre, m'allonger un peu – même s'il était à peine 11 heures du matin, je voulais être en forme pour la rentrée, après-demain.

À midi, je suis allé m'acheter en bas de la rue une part de pizza géante, arrosée d'un coca zéro. Dans l'appartement, tout était calme. Il faisait chaud. J'ai pris une douche – quelqu'un était passé avant moi et n'avait rien nettoyé. Maxime, sans doute. Super. Ça commençait sur les chapeaux de roues.

J'ai marché jusqu'au lycée en chronométrant le trajet – vingt minutes trente-six secondes, moitié moins si je prenais le bus. J'ai traîné un peu sur le parking désert devant les grilles fermées de l'établissement. Ma mère a téléphoné pour savoir si tout se passait bien – j'ai menti, évidemment. J'ai croisé Antoine, un gars qui était dans ma classe l'an dernier, un des rares garçons qui passaient aussi en 1re L. Il m'a salué, a continué son chemin, a hésité puis s'est retourné pour me demander si j'avais envie de prendre un café avec lui. Je n'avais rien de mieux à faire. J'ai accepté. On a parlé des futurs profs et prié pour ne pas avoir Gallaz en français, sinon on allait se faire tuer sur place. On a enchaîné sur les vacances, la rentrée et puis à un moment donné, j'ai parlé de la colocation. Il a émis un sifflement admiratif.

— Et tes parents, ils sont d'accord ? Eh ben dis donc, ils sont vachement plus cool que les miens. Jamais ils n'accepteraient. Ils auraient trop peur que je ne travaille pas et que je parte en vrille.

J'ai haussé les épaules. Oui. Il avait raison. Il fallait que je me rende compte de la chance que j'avais. Et que je ne me braque pas au premier accroc, sinon notre cohabitation ne durerait pas longtemps.

Quand je suis rentré, l'appartement était silencieux. J'ai rangé ma chambre, le truc qui aurait mis ma mère hors d'elle si elle l'avait vu parce qu'à la maison, je ne m'en donnais jamais la peine. Demain, les secondes rentraient. Je me suis souvenu de cette journée, l'année dernière. La nervosité – avec qui ? comment ? que faire de cette nouvelle liberté ? De l'internat. Je me suis assis dans ce qui avait été le fauteuil de ma grand-mère, que j'avais annexé. J'ai regardé les toits de l'autre côté de la rue. Je me suis assoupi.

C'est l'odeur qui m'a réveillé. Quelque chose de doux et d'aigre tout à la fois. Je suis allé voir ce qui se passait. Dans la cuisine, en silence, Rémi avait mis au four un tian qu'il avait concocté. Il a souri. Il a simplement dit que les légumes, nous ne savions pas ce que c'était ni à quel point ça pouvait être bon, quand c'était bien préparé.

— C'est bizarre. Je ne t'aurais jamais imaginé végétarien.

— Je crois qu'il y a beaucoup de choses que tu ne connais pas sur moi, Romain. Je pense que, comme la plupart des gens, tu m'as placé dans un tiroir et que tu n'as pas remis en question tes préjugés. Ne t'inquiète pas, au fond, je m'en fous. Simplement, on va vivre ensemble alors, fatalement, tu auras des surprises. Bonnes ou mauvaises.

— Et moi, tu me vois comment ?

— Je t'observe depuis des années. C'est intéressant. Ta grande obsession, c'est de devenir populaire. Je ne comprends pas pourquoi. On est très différents là-dessus. Tiens, goûte ça et dis-moi si c'est assez fondant.

Honnêtement, c'était mortel.

— Tu as pris des cours de cuisine en ligne ?

— Non. J'ai épluché des livres de recettes. Ma mère en a des dizaines, qu'elle ne regarde jamais parce qu'elle n'a pas le temps de se mettre aux fourneaux. Du coup, c'est la reine du micro-ondes. Mon père se débrouille assez bien avec les boîtes de conserve.

— Donc, c'est toi qui as pris la relève.

— Non. Pas du tout. C'est le premier plat que je fais !

Il a dit ça avec un grand sourire – je crois que c'était la première fois que je voyais Rémi épanoui, et ça m'a fait un choc. Nous sommes restés à parler en partageant le tian. Maxime nous a trouvés comme ça, tous les deux, il était tellement surpris qu'il s'est joint à nous. Il devait sortir à nouveau retrouver des amis à lui, mais il a renoncé. Il a envoyé des SMS pour expliquer qu'il avait une urgence à la colocation. Nous avons fait du café, et Maxime s'en est voulu de ne pas avoir ramené d'alcool. Quand nous nous sommes couchés, vers minuit, nous étions ce que nous devions être – un trio.

Le lendemain, quand le réveil a sonné, nos différences ont à nouveau été criantes. Je me suis levé en maugréant tandis que Rémi était frais et dispos, douché, prêt à partir. J'ai avalé une part de brioche industrielle et un fond de café de la veille. Je suis parti à la bourre et j'ai croisé Maxime au moment de quitter l'appartement. Il n'avait aucune idée de l'heure. Quand je lui ai fait remarquer qu'il allait être en retard le jour de la rentrée, il a haussé les épaules et a marmonné qu'au moins, ce jour-là, il ne risquait pas d'être collé. Nous avons rejoint le bahut chacun à notre rythme. Unis mais séparés.

Je me suis demandé combien de temps nous allions tenir.

IL A FALLU APPRENDRE. En accéléré. Tout ce qui paraît naturel quand on vit avec ses parents, ses frères et ses sœurs, et qui soudain devient source de désagréments, de malentendus et de frictions.

L'utilisation des toilettes, par exemple – car chez ma grand-mère, elles se situent dans la salle de bains. Bon, je sais que dans un roman, on n'est pas censé parler de ces endroits-là, parce que c'est trivial, et que ça risque de plomber le récit. N'empêche. Le partage des WC, c'est un gros point noir quand on est en colocation, surtout quand d'un côté, on habite avec un Rémi, maniaque quasi japonais des lieux d'aisance et que de l'autre, on a affaire à un Maxime, je-m'en-foutiste ayant tendance à laisser l'endroit comme on n'aimerait absolument pas le trouver. Mi-septembre, la situation est devenue tellement critique que je les ai enfermés dans la cuisine jusqu'à ce qu'ils trouvent un compromis.

Le compromis, le voilà le mot-clé de ce début d'année scolaire. Il a fallu trouver des compromis pour pratiquement toutes les pièces. Pour l'organisation de la salle de bains – la répartition des brosses à dents (non, Maxime, tu n'as pas le droit de prendre n'importe laquelle, c'est dégoûtant), des gels douche (oui, ce serait mieux s'il y avait une étiquette, même si ça ressemble aux colonies de vacances), des serviettes (même si les parents nous prennent souvent le linge sale, il faut aussi qu'on se débrouille un peu seuls, nous avons une machine à laver en parfait état de marche). Pour les règles de vie dans le salon-salle à manger (non, pas la télé en fond sonore ; chacun dans sa chambre à 22 h 30 les jours de semaine, sinon, on ne s'en sortira pas ; oui, Maxime, tu râles, mais si tu préfères, tu repars à l'internat tout de suite), des chambres (pas de musique sans casque, pas de fumette fenêtres fermées).

Des visites, aussi. Parce que le premier mois, on a eu des invités surprises. Des copains de copains qui débarquaient à l'improviste, s'incrustaient pour le dîner et cherchaient à squatter le canapé (mais ils n'ont pas de parents, ou quoi ?). Des parasites qui trouvaient que c'était trop cool de vivre avec ses potes. On a rapidement développé une stratégie et, pour le coup, Maxime l'a adoptée avec nous (il faut dire qu'il était responsable de la situation, cent pour cent des boulets qui s'accrochaient à notre sofa comme des moules à un rocher étaient de vagues connaissances à lui). On se place face à l'importun, on compte jusqu'à trois et on hurle ensemble "Dégage !" ou "On n'est pas tes potes !". Ça fait son effet. Le mec s'en va rapidement.

Le mec, oui. Parce que, malheureusement, aucune fille n'est venue traîner avec nous dans l'appartement. Elles étaient toutes au courant de la colocation, elles nous jaugeaient, mais elles ne tentaient aucune approche. J'étais désappointé. Je pensais que des grappes de demoiselles échoueraient chez nous, dans le sillage de Maxime, et que certaines d'entre elles seraient assez dépitées pour se venger de son inconstance en sortant avec moi, maugréant que, faute de grive, on mange du merle. Mais Maxime était seul et heureux de l'être depuis sa rupture tonitruante avec Sarah en juin. Quant à Rémi, eh bien, c'était Rémi. Il n'était pas près de nous ramener quelqu'un à la maison. Il aurait déjà fallu qu'il sorte de sa chambre et qu'il s'intéresse au monde extérieur. Nous ne pouvions pas trop lui en demander : il était civil avec nous, il avait pris en charge une bonne partie des tâches ménagères et, de temps à autre, il nous réunissait autour d'un plat végétarien. C'était bien plus que je ne l'avais anticipé.

Les visites impromptues ou programmées des parents aussi. Un véritable flicage qui obligeait à maintenir l'appartement dans un état de propreté acceptable – ce en quoi Rémi nous aidait beaucoup. Ses parents à lui passaient deux fois par semaine, ma mère aussi, souvent avec celle de Maxime ; d'ailleurs, elles semblaient s'entendre comme larrons en foire, ce qui, je ne comprenais pas exactement pourquoi, ne me plaisait pas plus que ça. Mon père n'est venu qu'une fois. Et il s'est assuré avant que j'étais seul. Il n'a pas jeté un coup d'œil à la cuisine ni à la salle de bains. Il s'est assis, il m'a fixé et il m'a demandé si j'étais heureux. C'est un adjectif que j'emploie peu, "heureux". Il est tellement vague, et subjectif. J'ai répondu que tout allait comme sur des roulettes, vraiment. Alors, il a murmuré "C'est bien, c'est bien" et puis il a bu une des deux bières ambrées qu'il avait ramenées et nous sommes restés silencieux. Sa visite m'a un peu perturbé, j'avoue, parce qu'il avait l'air triste et fragile, mais il se passait tellement de choses dans ma vie (enfin !) que je ne me suis pas appesanti.

Voilà. L'ensemble était une sorte de chaos sympathique. Et la surprise, c'est que finalement, tout se passait sans trop de heurts. *Fluide*. C'était l'adjectif qui convenait. Nous trouvions notre rythme et notre place. Nous étions trois entités distinctes et nous nous retrouvions le soir pour partager des moments tranquilles et chaleureux. Le fait que nous soyons dans des classes et des sections différentes nous aidait paradoxalement beaucoup – nous n'avions pas les mêmes horaires, ni les mêmes matières, ni les mêmes devoirs. Rémi passait son temps sur les sciences (encore que, vu la rapidité avec laquelle il torchait ses exercices et ses DM, il devait surtout se connecter et jouer en ligne), Maxime survolait ses SES et son histoire-géo (sans jamais rien apprendre par cœur, parce que l'apprentissage par cœur "C'est pour les faibles"), et moi, eh bien, je surnageais comme je pouvais entre les groupements de textes de français et l'anglais (je tirais un peu la langue, mais quand même moins que je ne l'avais craint). Dans les études aussi, je trouvais ma voie. J'étais dans une classe vraiment sympa, sept garçons pour vingt-cinq filles, beaucoup d'enthousiasme en cours, peu de travail à la maison. Je me sentais dix fois mieux que l'année précédente.

Autour de nous, les gens réagissaient différemment. Aucun changement pour Rémi qui, de toute façon, poursuivait son existence intergalactique (ponctuée, il est vrai, de plats végétariens) sans se soucier des contingences humaines. J'avais droit à quelques questions timides de la part de mes camarades de classe. Je sentais bien que la colocation attisait leur curiosité et qu'ils me considéraient, du coup, comme quelqu'un de mûr et d'équilibré (ce qui aurait déclenché l'hilarité de Maxime et de mes parents, et décroché un demi-sourire à Rémi). C'était du côté de Maxime que c'était le plus difficile. Bon nombre de ses prétendus amis ont piqué des crises de jalousie parce qu'ils ne comprenaient pas pourquoi il était en colocation avec Rémi et moi, alors qu'il aurait dû l'être avec eux. Au passage, ils nous traitaient de tous les noms. Maxime leur faisait alors remarquer que le propriétaire de l'appartement, ce n'était pas lui, mais ses interlocuteurs n'en démordaient pas. Il leur avait fait un coup de pute, point. Il s'était brouillé avec pas mal de monde depuis la rentrée. Je m'en suis rendu compte.

Un soir de mi-octobre, alors que nous étions tous les deux dans le salon en train de regarder pour la énième fois une rediffusion de *Friends*, je lui ai simplement rappelé qu'il devait se sentir libre de quitter la colocation quand il le souhaitait.

Il a froncé les sourcils. Il avait l'air franchement déboussolé.

— Pourquoi ? Tu ne veux plus de moi ?

— Bien sûr que si, mais… Tu sais, je vois ce qui se passe, au lycée… tu as tous ces amis qui trouvent que… tu te dévalorises en habitant ici. Que tu mérites mieux. Je les comprends. Je voulais seulement dire que si tu regrettes, il n'y a pas de problèmes, on peut trouver un autre arrangement.

Il s'est enfoncé dans le fauteuil et a plissé les yeux.

— C'est toi qui devrais arrêter de te dévaloriser.

— C'est un autre débat.

— Non, c'est le même. Écoute, les crétins qui se permettent de critiquer ne méritent pas mon amitié. Je les méprise. D'abord, ils ne m'ont jamais rien proposé. Et ensuite, je ne supporte pas la jalousie. Je trouve que ce n'est pas un sentiment digne. Quand on est jaloux, c'est parce qu'on se déteste soi-même.

— Tu es prêt pour la philo en terminale, toi.

— Bon, et puis, ceux qui vous regardent de haut, toi et Némo, ils ne vous connaissent pas. Ils jugent sur l'apparence. C'est stupide, tout le monde le sait.

— Némo ? Le poisson ?

— Mais non, imbécile. Le héros de *Matrix*.

C'était bien trouvé. Avec quelques petits arrangements vestimentaires et quelques retouches Photoshop, Rémi aurait presque pu ressembler à Keanu Reeves. Il faudrait que je lui suggère d'acheter un long manteau noir. Némo s'est d'ailleurs matérialisé dans l'encadrement de la porte du salon. Il avait tout entendu. Impassible, comme toujours. Avec l'ombre d'un demi-sourire. Il a planté son regard dans celui de Maxime et il a lancé :

— Dis donc, Gatsby, tu nous avais promis des fêtes, il me semble. Des moments magiques, de la musique, des filles et des garçons à foison. On n'en a pas encore vu l'ombre de la queue.

— Comment tu m'as appelé ?

— Gatsby. Laisse tomber, c'est pour les gens qui ont un QI normal.

— Attends, Némo, ne me prends pas pour un inculte. J'ai vu le film.

— C'est un livre, au départ. Et cela ne change rien au problème. Tu nous as juré qu'il y aurait des soirées endiablées et nous n'avons eu que de vagues connaissances à toi en train de squatter sur le canapé.

— C'est quand vous voulez.

— Ah non ! C'est toi qui dois organiser. C'est ton rôle dans ce trio. Moi, j'assure la vie quotidienne, je suis l'épouse qui récure et qui prépare les repas et, toi, tu es le grand maître qui procure de la distraction. Tu attires le monde, tu t'occupes des victuailles et des boissons et tu te débrouilles pour que l'appartement soit bondé, que les parents soient d'accord et que les voisins ne gueulent pas. Bref, tu arbores ta gueule d'ange et ton sourire ravageur. Ça, tu sais bien le faire.

— Et lui ?

Maxime m'a pointé du doigt.

— Lui, c'est un cas un peu particulier. Il est entre les deux, tu ne trouves pas ? Un peu de ci, un peu de ça. Et puis surtout, c'est le littéraire de la bande. C'est le narrateur.

— Le quoi ?

— Tu ne crois tout de même pas qu'on va vivre cette exceptionnelle cohabitation sans personne pour la raconter, pour transformer les tensions en défis et les agacements quotidiens en hauts faits d'armes ?

— C'est plutôt toi le littéraire, ce soir. Je n'imaginais pas que tu parlais aussi bien.

— Si tu veux, je peux t'offrir un décodeur. Tu arrêteras de voir le monde en noir et blanc.

— Mais c'est qu'il est caustique, le Némo !

Évidemment, ils en sont venus aux mains. Une fille, une fois, m'avait dit que les garçons, entre eux, c'était lamentable. J'en avais le spectacle devant les yeux. Ils ont commencé à se tourner autour et puis Maxime s'est jeté sur Rémi – mais Rémi est plus fort qu'il n'y paraît et Maxime se laisse vite distraire. C'est rapidement devenu du grand n'importe quoi, entre de vrais coups et des intermèdes de chatouilles. Jusqu'à ce que je me mette à hurler comme ma mère, quand elle nous séparait, mon frère et moi, quand nous étions petits.

Maxime a ramené des bières. J'ai coupé la mienne avec du sirop de citron. Rémi a opté pour le yaourt à boire. Maxime a secoué la tête en nous traitant de petits joueurs. Puis il s'est tourné vers moi et m'a demandé quand c'était, exactement, mon anniversaire. 29 novembre. Il a répondu que c'était bien ce qu'il pensait – et que ça tombait pile. Il m'a donné une petite claque dans le cou et a lancé :

— Tu verras, celui-là, tu t'en souviendras !

MAXIME A ÉTÉ LOYAL. ET ROYAL.

Il a commencé à mettre les choses en place dès le lendemain de notre discussion. Il s'est même tellement concentré sur ce but-là qu'il en a totalement zappé l'interro d'histoire, pour laquelle il n'a écrit qu'une page. Il a récolté un 3 avec un "Sans commentaire" en rouge, en haut de la copie. Quand il m'a montré le devoir, je lui ai dit de faire gaffe, quand même. S'il continuait sur cette pente-là, l'administration et les profs allaient faire barrage. Ils convoqueraient sa mère et on pouvait dire adieu à la colocation. Maxime a haussé les épaules.

— D'abord, ce n'est pas une pente, c'est les montagnes russes, je monte, je descends. Il suffit que je me mette un peu au boulot et les notes progresseront, comme l'année dernière. Et pour ma mère, tu sais, je pense honnêtement que je suis un poids en moins.

— Pardon ?

— Ma mère, elle a besoin d'oublier mon père, mon frère, sa vie en Angleterre. Elle a besoin de vivre sa vie. De s'amuser.

— Elle ne s'amusait pas avant ?

— Trop. Trop d'amusements artificiels. Trop d'amis de pacotille. Au bout d'un moment, on rit mais en fait on n'a pas le cœur à ça. On a juste envie de se jeter par la fenêtre.

— Il y a toujours des gens qui viennent la voir, non ?

— De moins en moins. Et c'est tant mieux.

— Et ton père ?

— Tu n'es pas mon psychanalyste, que je sache.

— Tu en as un ?

— Plus maintenant. À un moment donné, oui. Mais c'est fini. C'est moi qui ai demandé à revenir ici. Je n'y passais qu'en coup de vent, en vacances voir ma grand-mère, et quelques cousins qui me laissaient à l'écart. Mais c'était là où ma mère avait vécu sa jeunesse. Elle pourrait s'y reposer avec sa famille autour d'elle. Et puis moi aussi j'en avais assez. Je voulais du stable. Du cadre.

— Avec l'internat, tu as été servi.

— Ça, ça n'était pas prévu au départ. Mais c'était la seule solution. Le lycée était loin, et ma mère avait besoin de repos.

— Elle va mieux ?

— Je crois, oui. Elle se refait un réseau social. Elle crée ses bijoux. En même temps, je ne suis pas tout le temps derrière elle. Elle est adulte et vaccinée ! Et puis, apparemment, elle a trouvé une copine.

— Je sais, oui.

— C'est curieux, hein ?

— Un peu. Pour mon père surtout, j'imagine. Tu vas retourner en Angleterre après le lycée ?

— Aucune idée. C'est loin. C'est trop loin. Bon, et puis, on digresse là, c'est de ton anniversaire qu'il était question, au départ. C'est la fête à organiser qui m'a valu un 3. Tiens, j'ai passé les trois quarts du devoir à dresser la liste des invités. Jettes-y un coup d'œil.

Je ne connaissais que la moitié des noms mais je lui ai fait confiance. C'était risqué, mais je n'allais pas le brimer dans son élan. Pour une fois, quelqu'un se décarcassait pour moi. Et ce quelqu'un-là, c'était l'un des mecs les plus populaires du lycée.

Rémi a également été mis à contribution. Il a regardé la liste, a eu un très bref sourire et a opiné du chef. Puis il a demandé si nous avions réfléchi à ce que nous mangerions. Cinquante, soixante personnes, c'était énorme.

— Chacun amène ce qu'il veut – sucré, salé, doux, amer, pas de souci, a répondu Maxime.

— On ne leur impose même pas sucré ou salé, pour ne pas se retrouver avec quarante fondants au chocolat prêts en quatre minutes ?

— Écoute, Rémi, la priorité n'est pas là. S'il faut, on bouffera des Babybel toute la nuit.

— Je préparerai quand même quelque chose.

— Évidemment, puisque tu es invité.

— Et hôte.

— Donc, deux fois plus.

— Alcool ?

— Bien sûr alcool.

— Qui l'achète ? On n'a pas le droit d'en prendre seuls en supermarché, mais je connais une caissière qui…

J'ai interrompu Maxime.

— Je vais demander à mon père. Il me l'a déjà proposé, une fois. Et puis c'est mon anniversaire. La dépense, ce sera mon cadeau d'anniversaire.

— Qui se charge des voisins ? a demandé Maxime.

— Tu les connais, les voisins, Romain ?

— Non, pas vraiment. Bon, il n'y a personne au-dessus. Au-dessous, je crois que c'est une petite vieille. Je vais aller la voir. En face, il y a des étudiants, ce n'est pas un problème. Mais il va y avoir du bruit dans toute la rue.

— On va écrire des mots d'excuse à l'avance et les distribuer dans les boîtes aux lettres.

— Et puis on n'ouvrira pas les fenêtres.

— C'est ça. Il y aura cinquante personnes ici et on n'ouvrira pas les fenêtres. À la fin de la soirée, on n'aura plus que la moitié de l'effectif. Le reste sera mort d'étouffement.

— Je suis bien avec vous.

Voilà. Ça m'était sorti, comme ça. Nous étions tous les trois à discuter autour de la table de la cuisine, il y avait du chaleureux, du tendre, de l'enthousiasme. Tout ce dont j'avais rêvé pendant toutes les années précédentes.

Maxime et Rémi se sont tournés vers moi et j'ai rougi jusqu'à la racine des cheveux, évidemment. Rémi a souri. Son fameux demi-sourire. Qu'il arborait de plus en plus fréquemment.

— T'es pas en train de nous suggérer un plan à trois, là ?

— Rémi, je pense que notre ami est en manque. Bon, je ne suis pas sûr que tu comprennes la notion de manque affectif, mais on ne sait jamais. Romain, ça fait combien de temps que tu es seul, maintenant ?

— Arrête, c'est un terrain glissant.

— Pas assez, justement. Tu ne m'as pas répondu. Moi, depuis juin, et je commence à trouver ça long. Et toi ?

— Encore plus.

— Dernier baiser ?

— Un an. Et quelques mois.

Maxime a émis un sifflement désagréable à entendre.

— Il va falloir remédier à ça.

— Pas la peine d'appeler une strip-teaseuse. Tout va bien.

— Tu es sûr ?

— J'ai déjà un plan à trois avec vous. Ça calme.

— Bon, heureusement que tu as Némo pour soutenir la comparaison. Tu n'es pas le plus en rade.

J'ai pensé que Rémi allait contre-attaquer, mais non. Encore le même sourire énigmatique et le regard amusé. Et doux. Oui. C'est quelque chose de nouveau, chez Rémi. Son regard, que j'ai toujours connu dur et inquisiteur, s'est adouci. C'est comme si le bleu de ses yeux se diluait. Si ça se trouve, il prend de la drogue en cachette.

— Tu rêves ?

Maxime était planté devant moi.

— Oui, de toi.

— Téléphone plutôt à tes parents pour leur expliquer que tu ne seras pas là à ton anniversaire. Et surtout qu'ils ne sont pas invités.

ÉVIDEMMENT, IL A FALLU PARLEMENTER. Il y a encore eu des éclats de voix, des discussions et des compromis. Oui, toute dégradation me sera facturée sur l'argent qu'ils me donnent tous les mois pour subvenir à mes besoins, oui, mon téléphone portable sera toujours allumé et chargé en cas de problèmes. Visite parentale en début de soirée avant le coup de feu et le lendemain en fin de matinée pour un état des lieux et une facture éventuelle. De toute façon, ils ont prévenu : ce soir-là, ils dîneraient avec des amis à eux, à quelques rues de l'appartement et s'il y avait le moindre souci, ils rappliqueraient illico. Ils avaient aussi l'intention de passer régulièrement dans la rue pour évaluer le volume sonore et le préjudice subi par les voisins.

Je restais impassible, souriant. J'approuvais tout ce qu'ils disaient. À un moment donné, ma mère a soupiré et elle a murmuré :

— Mais comment en est-on arrivés là ?

— Arrivés où, maman ?

— Je ne sais pas, on était quatre, une famille unie, on faisait des promenades ensemble le dimanche matin, on allait à la pizzeria le vendredi soir et puis d'un seul coup, pfff, chacun vit sa vie.

— Les enfants grandissent, maman.

— Et les adultes reprennent leur liberté.

C'était mon père qui venait d'intervenir. Ma mère s'est redressée d'un coup dans le canapé. Elle avait l'air épuisée. Je les ai regardés tous les deux et j'ai lancé :

— Je ne suis pas sûr d'aimer ça, l'idée de la liberté des parents.

— Ce n'est pas toi, Romain. C'est ton frère. À partir du moment où une pièce s'en va, le château se décompose.

— Mais on peut recréer autre chose, non ? Innover ?

Ma question est restée en suspens. J'ai clairement entendu l'angoisse dans ma voix.

Quelques secondes plus tard, la vie a repris son cours, nous sommes tombés d'accord, j'ai une fois de plus assuré qu'il n'y aurait aucun problème, que je connaissais tous ceux qui venaient et que nous n'étions qu'une vingtaine, à peine plus.

Nous serions cinquante. J'en connaissais à peine la moitié de vue. Parfois, dans l'existence, il faut savoir prendre des risques. De la soirée dépendaient ma réputation, ma sociabilité, mon aura, mon bonheur.

Je sais. J'exagère.

Le jour J, je l'ai à peine vu passer. Il a fallu déménager les meubles du salon-salle à manger et ranger les autres pièces, pour leur faire de la place. On a entassé tout ce qui pouvait tenir dans les chambres et dans le cagibi, la pièce condamnée où personne ne va jamais parce qu'y sont entreposées les affaires personnelles de ma grand-mère. J'ai jeté un coup d'œil aux cartons par terre et à la malle fermée à double tour où dormaient des vêtements que ma mère n'avait pas encore eu le cœur de jeter. Je me suis demandé ce que penserait ma grand-mère de son appartement transformé en repaire de la jeunesse. Du bien, sans doute, étant donné les reproches qu'elle avait adressés à mon père. Mamie, je te promets que, quand enfin je trouverai la fille qui me conviendra, elle ne s'ennuiera pas avec moi et personne ne dira qu'elle aurait pu trouver mieux. Maxime était à côté de moi, dans le cagibi. Il était nerveux. Je lui ai demandé ce qui n'allait pas. Il a haussé les épaules puis répondu que cette pièce puait la mort et que la mort, ça l'impressionnait, tout simplement.

Un traiteur a sonné vers 18 heures. Ils étaient trois, ils avaient des plats de charcuterie, de fromage, des assortiments de verrines, de salades, de toasts – saumon, foie gras, coquilles Saint-Jacques. J'ai paniqué. J'étais persuadé qu'ils s'étaient trompés d'adresse. Rémi, qui se préparait à tartiner les canapés, est resté interdit, le couteau en l'air. Il regardait passer les plats dorés et argentés, que les trois employés déposaient sur les tables de fortune disposées dans les différentes pièces. Maxime les guidait, comme un maître d'hôtel anglais dans une série télévisée. Les bouteilles ont été apportées dans la foulée. Il y avait tous les breuvages imaginables. J'étais atterré. Quand les livreurs sont partis, Maxime m'a mis les mains sur les épaules et m'a dit :

— Pas de questions. J'ai tout pris en main. C'est réglé. Payé. J'ai cassé ma tirelire. C'est mon cadeau d'anniversaire.

Je n'en revenais pas. J'avais envie de l'embrasser, mais il était déjà reparti. Il était temps qu'il se prépare. Rémi s'est retiré dans sa chambre aussi, un peu vexé. Tout à coup, on n'avait plus besoin de lui. Tout à coup, c'était du clinquant, du doré, du déjà prêt – tout ce qu'il n'approuvait pas. Je suis resté dans le salon, abasourdi.

J'y étais encore quand Maxime a fait sa réapparition, vêtu en dandy clochard, chemise soigneusement fripée, gilet rayé rouge et doré, cravate sobre, chaussures pointues aux talons légèrement biseautés. J'ai eu un vrai moment de découragement. Ce n'était pas la peine de lutter. J'avais perdu d'avance. Je suis retourné dans ma chambre, j'ai pris les premières fringues que je trouvais, mon uniforme du lycée, des jeans noirs, mes Converse rouges et un tee-shirt blanc, avec des inscriptions sur le devant. Ce soir-là, j'arborais une plaque d'immatriculation californienne, je pensais que c'était une bonne façon d'entamer une conversation :

"Tu es déjà allé en Californie ?

— Non, j'attendais quelqu'un pour m'accompagner. Toi, par exemple."

Je sais, c'est nul. J'en avais marre d'être transparent. D'être ce garçon dont on ne retenait pas bien le prénom, et qu'on confondait avec d'autres. Je rêvais d'être différent, d'être remarqué, identifié, d'avoir les cheveux verts en brosse, un collier de pointes au cou ou des tatouages maoris sur les avant-bras. Mais j'étais conscient aussi que je ne me serais pas senti à l'aise dans ces déguisements-là. En fait, j'étais le summum de la prétention : je voulais qu'on me reconnaisse pour ce que j'étais sans faire aucun effort, qu'on vienne me découvrir et qu'on se dise : "Tiens, finalement, ça valait vraiment le coup, sous ses airs de rien, c'est une personnalité rare." Inutile de dire que ça ne marchait pas.

Ce qui avait changé, en revanche, depuis quelques semaines, c'était que je faisais partie d'un trio – et que de ce trio-là, oui, on s'en souvenait – même si tous les suffrages allaient au leader. À celui qui tenait le micro. Ardent. Voilà. J'étais plein d'ardeur. Je comprenais que j'étais à un palier de ma vie, sur un tremplin, et qu'il fallait que je m'élance maintenant.

Au premier coup de sonnette, j'ai eu un vrai moment de panique. L'espace de quelques secondes, j'aurais tout donné pour être chez mes parents, à la campagne, à regarder n'importe quel programme décérébré où des aspirants à la célébrité s'époumonent en reprenant les succès du moment. Rémi s'était évidemment réfugié dans son antre. J'ai croisé le regard de Maxime qui a murmuré *"Here we go"* et qui m'a mis une claque sur la nuque. C'était agaçant, ça. Sa façon de toujours se comporter en frère aîné ou en mentor. Un jour, il faudrait que ça change.

Voilà, au début, j'ai eu peur. Après, non. Bien sûr que non.

Disons simplement que la chronologie de la soirée m'a un peu échappé alors que je n'ai (presque) rien bu et (presque) rien fumé. Je me suis mis à être partout à la fois, je me démultipliais. J'ai pensé au cours de français où j'avais appris l'expression "le don d'ubiquité". Là, j'étais en plein dans l'ubiquité. En train de remplir les verres, de servir les verrines et les toasts (excellents, évidemment), de rire avec les uns, d'échanger deux mots avec les autres, de recevoir des cadeaux que j'avais à peine le loisir d'ouvrir, de m'exclamer, de remercier, d'embrasser (chastement), de serrer des mains. Un jour, ma mère m'avait dit que la fête, le soir de son mariage, avait été une des pires qu'elle ait jamais vécues : mon père et elle avaient passé leur temps à s'occuper des invités, à s'assurer qu'ils ne s'ennuyaient pas, à se rendre de table en table et d'un seul coup, il était 3 heures du matin, tout le monde rentrait, et le nouveau couple n'avait profité de rien.

Je ne me suis arrêté que deux fois. La première, pour regarder Rémi. Vêtu de jeans noirs slim que je ne lui connaissais pas et d'un tee-shirt bleu-violet très moulant, exposant un corps fin et musclé que personne n'aurait pu deviner sous ses couches habituelles de sweat-shirts informes. Même moi, qui l'avais déjà vu torse nu (et totalement nu une fois, en entrant par erreur dans la salle de bains), j'en ai été saisi. Les conversations se sont suspendues quelques secondes, et la température est montée de quelques degrés. J'ai entraperçu Maxime, à l'autre bout de la pièce, les sourcils froncés – inquiet de ne plus être le seul coq de la soirée, sans doute – et puis le mouvement a repris. La deuxième, il était presque minuit. Je reprenais mon souffle, adossé au mur de la salle à manger, parfait dans le rôle du perdant magnifique, du domestique impeccable, genre majordome britannique coincé. Pauline s'est tranquillement posée à côté de moi et elle m'a demandé si je faisais tapisserie.

— Oh. Bien plus que ça, mademoiselle. Je suis surveillant, garde du corps, serveur, barman, videur sans doute dans quelques heures.

— Je suis impressionnée.

— J'espère bien.

— Danseur ?

— Pas encore, malheureusement.

— Et si je t'invite ?

— Tu es consciente des risques que tu encours ?

— Je crois oui.

— Mademoiselle est courageuse.

— Mademoiselle est intéressée.

Je me suis senti rougir mais, entre les lumières indirectes et les zones d'obscurité, je me suis dit qu'elle ne remarquerait rien. Elle m'a pris la main avec détermination et m'a conduit vers le centre du salon. J'ai eu le temps de remercier mentalement Maxime, Rémi, mes parents, ma grand-mère et toutes les divinités auxquelles je ne crois pas de me permettre de vivre cet instant-là.

Pauline, elle était dans ma classe, l'année précédente. Une fille intelligente et vive, sachant bien manier l'ironie. Un peu plus petite que moi, une frange, alors que ce n'est plus la mode, du rimmel, sinon aucune trace de maquillage. Elle avait longtemps hésité pour son orientation. Je me suis souvenu qu'elle était venue me parler un jour, parce que j'étais un des seuls qui demandait à passer en littéraire. Elle voulait connaître les raisons de mon choix. J'avais enchaîné les banalités. J'étais pitoyable. Pauline m'intimidait beaucoup. Je lui trouvais de l'aplomb dans sa façon de s'adresser aux adultes. Je n'aurais jamais pensé que je puisse attirer ce genre de fille.

Nous étions au milieu du salon – de mon salon. Dans les baffles passait ce truc indansable, *We Are Young*, de Fun. Un morceau sur lequel hurler en groupe – ce dont les autres ne se privaient pas, sans se soucier des voisins –, un morceau sur lequel se défouler en se cassant les cordes vocales, mais certainement pas sur lequel se lover l'un contre l'autre. Pourtant, en quelques secondes, c'est ce que nous avons fait, Pauline et moi. Nous avons tangué au centre de l'assistance, serrés, accrochés. Je sentais sa peau. Sa chaleur. Immédiatement, les frissons dans le dos, la gorge sèche et une érection gênante. Pauline m'a jeté un coup d'œil, a souri et nous avons continué à dériver dans la pièce tandis que les autres s'époumonaient. J'ai eu l'impression, pour la première fois de ma vie, de ne pas être un appareil photo, une caméra, un moteur de recherche. D'être exactement à ma place, debout, présent – chaque cellule, chaque pore exhalant les secondes qui s'égrenaient. Dans l'instant. Une révélation. Un *satori*. J'avais lu ce terme dans un bouquin qui traînait sur le canapé quelques jours plus tôt. Un roman d'un écrivain américain, Kerouac, dont je n'avais jamais entendu parler, que Maxime prétendait avoir lu et que Rémi voulait lui emprunter, pour voir. Je l'avais ouvert au hasard. Il y était question des moments de grâce dans l'existence. De ces instants où, soudain, tout s'illumine en soi et autour de soi – parce qu'on trouve une cohérence, parce qu'on comprend son rôle dans l'univers. Un *satori*, ça s'appelle, apparemment. Voilà. J'étais un *satori* vivant. C'était le plus beau jour de ma vie. Et c'était mon anniversaire.

Pauline est partie vers 3 heures du matin – son père est venu la chercher, excédé qu'elle ne réponde pas à ses SMS. Je l'ai entendu lui dire que, puisque c'était comme ça, il ne fallait pas qu'elle compte avoir le droit de ressortir le soir de sitôt. Pauline s'est retournée vers moi. Elle m'a lancé un clin d'œil, elle était radieuse. Moi aussi. Je ne pouvais pas m'empêcher de sourire. Pourtant, les perspectives immédiates n'étaient pas brillantes : les flics s'étaient pointés une heure avant, alertés par les voisins d'en face qui n'en pouvaient plus des cris de bête qui s'échappaient de l'appartement. Évidemment, ça a jeté un froid. Ils ont demandé les numéros de téléphone de nos parents, pour les avertir. La musique a baissé d'un ton, et même de deux. Beaucoup des invités en ont profité pour rentrer chez eux, tout en assurant qu'ils avaient passé une soirée géniale. Ne restaient que quelques incurables, qui tenaient des conversations ahurissantes sur le canapé qui, lui, avait visiblement souffert de la soirée. La prochaine fois, si prochaine fois il y avait, il faudrait songer à protéger les meubles. Rémi s'était réfugié dans sa chambre depuis quelque temps déjà. Maxime s'était volatilisé dès que les flics avaient tourné le dos.

Il fallait que je nettoie. Le temps que je vire les mollusques du salon, il était 4 heures du matin. J'étais seul, ou presque (j'ai entendu Rémi ronfler à un moment donné). J'avais la pêche, et la banane – une vraie salade de fruits. Je n'avais certainement pas envie de dormir.

Je ne voulais pas voir se finir ce jour-là. Le jour de mon premier *satori*.

Je me suis mis au travail et me suis découvert des capacités insoupçonnées – peut-être liées au fait que je n'avais pas bu une goutte d'alcool, à part une bière en début de soirée. À 7 heures du matin, les poubelles étaient sur le trottoir, les tables débarrassées, le frigo rempli par les restes, les sols aspirés (oui, je sais, mais apparemment, la vieille du dessous est vraiment sourde), les fenêtres ouvertes pour que les odeurs disparaissent. J'avais même retrouvé un liquide anti-taches spécial textiles et je m'étais mis en tête de nettoyer le canapé. Mes parents passeraient dans moins de cinq heures, il fallait bien que je tente de minimiser l'impact de la soirée sur notre logement. J'ai hésité à aller me coucher mais non, ce n'était pas la peine. Ce serait ma première vraie nuit blanche. Je suis allé prendre une douche et puis je suis descendu à la boulangerie. J'ai acheté cinq pains au chocolat, c'était idiot, vu que j'étais seul, mais je me sentais comme ça ce matin-là : affamé. Heureux. "Hyperbolique", aurait dit Rémi.

J'étais épuisé, détendu et souriant, en train de boire un café dans la cuisine. Il y a eu un grincement de porte, un deuxième, le bruit de la chasse d'eau qu'on tire – et puis une tête réjouie et hirsute s'est encadrée dans la porte.

— Tu as fait du café ?

— Euh… oui.

— Génial ! Je peux en avoir un ?

— Euh… Si tu veux… Je… Enfin, je suis désolé, mais…

— Si c'est mon nom que tu cherches, je m'appelle Sébastien. Enfin Seb, évidemment.

— Moi, c'est Romain.

Sébastien s'est mis à rire.

— Inutile de te présenter, Romain. Tout le monde te connaît.

— Alors que moi, là, je…

— T'inquiète, je n'étais pas dans la liste d'invités – enfin, pas dans la première en tout cas. Je me suis rajouté. C'est Rémi qui m'a dit de venir.

— Rémi ?

— Oui. Ça ne te dérange pas, j'espère ?

— Non… Non, non, non… Bien sûr que non…

— Je suis son mec. Enfin, pour cette nuit en tout cas. Dis, tu aurais du sucre ?

— Dans le placard à droite, première étagère.

— Super.

— Je ne suis pas sûr d'avoir compris ce que tu me disais juste avant. Tu es le mec de Rémi ?

— Oh, faut pas aller trop vite en besogne. On verra bien. Disons qu'on a passé du bon temps cette nuit. Mais bon, toi aussi, apparemment. Je connais Pauline. J'étais au collège avec elle. J'aime beaucoup cette fille.

— Moi aussi.

Et on est partis à rire, tous les deux, comme des crétins. Sébastien avait un rire aussi grave que sa voix – un rire qui venait des entrailles et qui secouait tout le corps. Je l'ai immédiatement trouvé sympathique.

Nous avons parlé tous les deux pendant une demi-heure du lycée dans lequel il est, à l'autre bout de la ville, de la soirée, de musique – bref, deux employés au moment de la pause de 10 heures. Nous avons échangé nos numéros de portable, et il m'a promis de m'inviter quand il ferait une soirée. Il est parti alors que Rémi ronflait toujours, Maxime n'était pas encore revenu. Il ne savait pas ce qu'il ratait.

J'ai voulu aller contempler tous les cadeaux que j'avais reçus. Je me suis écroulé sur le lit. Mes parents m'ont réveillé deux heures plus tard. J'ai cru un moment que le déjeuner allait tourner au vinaigre, parce qu'ils avaient reçu un appel des flics en pleine nuit – mais non, ils étaient déjà rassurés que l'appartement tienne encore debout et que rien n'ait été brisé. Ils iraient s'excuser auprès des voisins, ils promettraient que cela ne se reproduirait plus, parce que cela ne se reproduirait plus, n'est-ce pas ? Je n'ai même pas eu le temps de répondre. Rémi a déboulé dans la cuisine avec sa tête et ses fringues de Rémi de tous les jours et mon père a levé les yeux au ciel en voyant son tee-shirt *Bill Gates is God*. Ma mère lui a touché le bras et lui a demandé si la soirée n'avait pas été trop pénible pour lui, il avait dû avoir du mal à dormir, non ? Rémi a hoché la tête en poussant un petit soupir déprimé. Ma mère en a profité pour vanter le sérieux de mon colocataire, histoire que j'en prenne de la graine. Je me suis tourné vers Rémi. J'ai lancé :

— Au fait, j'ai pris le petit-déjeuner avec Sébastien. Il a trouvé la soirée très réussie. Il rappellera plus tard.

Je pensais que Rémi allait rougir ou perdre de sa superbe, mais absolument pas. Il a fait ce sourire en coin qui est en train de devenir sa marque de fabrique, m'a regardé droit dans les yeux et a répondu :

— Ah ! Très bien. Je reprendrais bien un peu de ce rôti de porc froid, madame Seurat. Il est vraiment excellent.

En même temps, il avait raison, Rémi. Il n'y avait rien à ajouter. Et le rôti de porc froid de ma mère était effectivement délicieux – presque meilleur que celui du traiteur.

— J'en sais rien où il est le *x*, ni le *y*. Et je vais même te dire, j'en ai rien à foutre du *x* et du *y*. Ils peuvent bien aller se faire enculer où ils veulent, je m'en bats les couilles !

Je suis sorti de ma chambre, prêt à intervenir. Je n'en ai pas eu besoin. Rémi est resté d'un calme olympien. Maxime s'est levé brusquement et a envoyé valser le programme télé de l'autre côté de la pièce. Rémi m'a jeté un coup d'œil puis a haussé les épaules. Il a réagi calmement :

— Maxime, viens te rasseoir.

Ledit Maxime est allé s'installer sur le canapé, a pris la télécommande et a zappé d'une chaîne à l'autre, un coussin calé sur le ventre, le visage buté. Rémi a alors quitté la table du salon, non sans avoir auparavant fermé avec précaution le livre de maths de première ES et le trieur de notre colocataire. Il est allé se faire réchauffer un café dans la cuisine. C'est là que je l'ai rejoint. On ressemblait à un père et une mère discutant ensemble de leur enfant à problèmes. Sauf que c'est moi qui jouais le rôle de la mère inquiète, tandis que Rémi temporisait et se voulait pragmatique.

— Clairement, les maths, c'est pas son truc.

— Oui, mais il ne peut pas se payer une nouvelle mauvaise note, sinon, c'est la cata.

— Écoute, il ne veut pas travailler. Moi, je ne peux pas faire boire un âne qui n'a pas soif.

Maxime a braillé depuis le salon.

— Je vous entends. Et je ne suis pas un âne, connard.

— Je m'appelle pas connard, je m'appelle Némo.

Grommellements. Rémi a un vrai don pour la répartie.

C'est l'une des nombreuses qualités que j'avais découvertes chez lui depuis mon anniversaire. Rémi n'était plus le même garçon. Enfin, quand je le lui faisais remarquer, il n'était pas d'accord. Il disait que c'était juste mon regard qui avait changé et que c'était ça, le secret de la vie, changer de point de vue, tout le temps, tenter de se mettre dans la peau de l'autre, voir les événements sous un autre angle, relativiser, non ? Ce n'était plus Némo. C'était Gandhi. Je me voyais dans quelques années arborer un tee-shirt à l'effigie de Rémi avec, sur la poitrine *He's my guru.* Il avait raison, d'ailleurs. En apparence, rien n'avait vraiment changé. Il portait toujours des fringues improbables, des bonnets vert et jaune tricotés par sa grand-mère, des vestes de survêtement élimées avec des jeans informes, des chaussettes de couleurs différentes, des sweats gris – il en avait toute une pile, achetée au supermarché au moment des soldes. Mais dans la relation à l'autre

– enfin dans la relation qu'il avait avec moi – c'était une révolution. Nous nous mettions à parler de ce que nous ressentions et ça ne m'était jamais arrivé, en fait. D'habitude, avec les copains, les sujets de discussion tournaient autour du sport et des jeux vidéo, parfois de films. Les conversations dérivaient ensuite sur les filles, mais elles n'allaient jamais au-delà de vantardises dont tout le monde savait qu'elles étaient fausses. Les vannes s'enchaînaient et puis nous nous séparions en pensant avoir passé un bon après-midi. Nous ne prononcions jamais le mot "amitié", parce que nous n'osions pas. De toute façon, nous avions bien raison. Ce n'est pas de l'amitié, quand on ne partage rien d'intime. Au mieux, c'est du compagnonnage. Au pire, c'est du bouche-trou, du ruban adhésif pour masquer la solitude – en attendant mieux.

Nous avons mis quelques semaines avant de nous rendre compte que Maxime n'allait pas bien. Nous aurions dû nous en apercevoir plus tôt. Il se montrait souvent irascible, sortait de plus en plus fréquemment et il rentrait dans des états seconds. En outre il dépensait un fric monstre, sorti d'on ne savait où, pour acheter tous les derniers gadgets technologiques – ceux qui ne faisaient même pas pâlir d'envie Rémi. Une nuit où je finissais un devoir d'histoire à la bourre, il est rentré à 2 heures du matin. Il était complètement ivre. Je me doutais aussi qu'il n'avait pas tâté qu'à l'alcool. C'était un mercredi. Le lendemain, il commençait à 8 heures. Je travaillais sur la table de la cuisine. Il m'a adressé un petit salut de la main et il a lancé :

— Alors, l'intello, encore au boulot ? Tu ferais pas mieux de baiser l'autre pétasse ?

Il y a eu un blanc. Nous nous sommes regardés comme des chiens de faïence. J'ai laissé ses mots tournoyer dans la pièce. Je devinais que le silence leur donnerait plus de poids encore, et qu'au lieu de me blesser, ils allaient retourner vers leur expéditeur et le frapper de plein fouet. J'avais appris avec mes parents à quel point les mots – surtout les insultes – peuvent être des boomerangs. Quand on parle des autres, on parle souvent de soi.

Maxime a eu un petit rire qui sonnait faux. Il avait un tic nerveux sur la joue gauche. Il s'est servi un verre d'eau, l'a englouti et l'a reposé d'un coup sec. Le verre s'est cassé en deux. J'ai vu Maxime blêmir, il s'était coupé. Je me suis levé sans bruit, je suis allé dans la salle de bains prendre les compresses, les pansements et le désinfectant, tandis qu'il pestait à voix basse et gardait sa main sous l'eau. Il a bougonné qu'il pouvait bien se soigner tout seul, mais je lui ai empoigné le bras en serrant le poignet et j'ai tamponné ses doigts sans dire un mot. J'ai vérifié la coupure – profonde, mais pas suffisamment grave pour justifier une admission aux urgences. Quand j'ai relevé la tête, Maxime a tourné les yeux. Il a marmonné des excuses. J'ai répondu que je n'excusais rien mais que j'aimerais comprendre. L'agressivité sans raison, je n'y croyais pas une seconde. J'ai ajouté qu'au lieu de se comporter comme le connard qu'il n'était pas et de nous éviter systématiquement, Rémi et moi, il ferait peut-être aussi bien d'en parler. Il a commencé par ricaner mais, au fond, il n'en avait même plus la force. Alors il a respiré un grand coup, m'a planté son regard dans les yeux et a lâché :

— Je crois que je suis jaloux.

— Pardon ?

— Toi, tu es avec Pauline. Rémi, même si vous essayez de me le cacher pour je ne sais quelle raison, comme si j'allais avoir une crise cardiaque ou partir en vrille, je sais bien qu'il est avec l'autre type, là, Sébastien, c'est ça ? Tout ça a commencé pendant la soirée que j'ai moi-même organisée, et moi, rien, nada, zéro, je suis dégoûté. Pas une fille qui vienne me proposer quoi que ce soit. Pas même une qui m'approche.

— Et tu ne te demandes pas pourquoi ?

— Si. Je n'arrête pas. Je me répète pourquoi, pourquoi, pourquoi ?

Je ne me suis pas démonté. Je suis retourné dans la salle de bains. Je suis allé chercher le petit miroir légèrement ébréché hérité de ma grand-mère, l'un des seuls objets que nous n'avions pas mis au rebut dans le cagibi. Je le lui ai tendu.

— Regarde-toi. Regarde-toi vraiment.

Ce soir-là, comme de nombreux autres soirs, il n'était pas beau à voir. Une tache suspecte sur son tee-shirt – café ? vomi ? whisky ? –, les cheveux mal coiffés, sale, empestant l'alcool, deux boutons sur le nez. Et, surtout, plus du tout cet air enjoué et chaleureux qu'on lui avait connu. Tout le contraire. Comme si la haine craquelait la peau. Je pensais qu'il allait envoyer valser le miroir – mais non, il l'a gardé en main, scrutant l'image qu'il lui renvoyait. J'en ai profité pour continuer mon laïus :

— Elles ont peur. Tu leur fais peur. Avant, tu leur faisais du charme, tu les regardais en coin, je sais, je t'ai vu faire, je trouvais que tu étais très doué, irrésistible même, mais là, tu les prends de haut ou tu les dragues ouvertement, tu n'es plus dans le jeu, tu es dans le combat.

— J'ignorais que monsieur avait des diplômes en psychologie féminine. C'est sans doute dû à sa grande expérience.

— Tu n'arriveras pas à me mettre en colère.

Il y a eu un silence, à nouveau. Je me demandais si Rémi pouvait entendre la conversation. S'il se tenait à l'affût, prêt à débouler dans la cuisine à la moindre montée de violence. Maxime a hésité. Je l'ai senti. La pulsion dans les mains, les bras, les épaules – frapper. Et puis c'est passé. Il a baissé les yeux. Il a souri – un sourire triste comme je ne lui en connaissais pas. Il a dit :

— De toute façon, je suis cuit.

Et là, il s'est mis à parler sans discontinuer. De sujets que nous n'abordions jamais. De sujets qui nous semblaient à dix mille lieues des préoccupations de Maxime : ses résultats scolaires. Ils chutaient régulièrement et la chute s'était accentuée depuis le mois de novembre. Au début, il prenait les choses à la légère, en se disant que, comme tous les ans, il allait se rattraper, jouer avec les nerfs des profs, monter et descendre les montagnes russes, mais il n'y était pas parvenu. Il fallait qu'il se rende à l'évidence, même en travaillant d'arrache-pied, ce qu'il promettait d'avoir tenté, c'était trop tard, il ne captait plus rien, ni en maths ni en français ;

il sauvait à peine les meubles en SES et en histoire-géo, mais ce n'était pas beau à voir, et ça, il détestait. Heureusement que l'anglais était presque une langue maternelle et remontait un peu le niveau. Il s'était toujours vu comme un élève paresseux mais brillant qui montrerait de quoi il était capable quand les enjeux seraient vraiment importants. Or là, il ne pouvait plus se la raconter : il plongeait, il était largué, il passait des heures entières à ne rien comprendre à ce qui se racontait. Du coup, il prenait la tangente, devenait de plus en plus dilettante, bâclait les exercices ou les recopiait sur son voisin, sortait de plus en plus souvent comme nous l'avions remarqué. Oui, il fuyait. Il nous fuyait nous, avec nos airs de petits couples parfaits, hétéro, homo et avec nos résultats scolaires d'élèves bûcheurs (moi) ou de génie (Rémi). Il en arrivait à nous détester parfois. De toute façon, ce n'était pas bien grave, parce que les conseils de classe arrivaient bientôt, les bulletins aussi, et quand elle allait voir la catastrophe, sa mère piquerait une crise, aussi libérale qu'elle puisse paraître, et lui demanderait d'arrêter cette colocation qui ne lui valait rien. Elle n'aurait pas tort, d'ailleurs. La colocation, ce n'était pas pour lui. Elle lui révélait tout ce qu'il croyait être et qu'il n'était pas – un garçon intelligent et responsable. Il savait bien maintenant que toute sa vie, il serait en marge et que petit à petit, il dégringolerait doucement la pente pour finir dans le caniveau et…

— Ta gueule !

La voix de Rémi a retenti dans la cuisine. Nous ne l'avions même pas entendu approcher. C'est un des trucs qui font flipper, chez Rémi, il se déplace en chaussettes, il a l'habitude de se faire oublier, alors quand il se matérialise tout à coup dans une pièce, tu sursautes, ton estomac se glace, tu es persuadé qu'il s'agit d'un fantôme. À un moment, je me suis demandé si Maxime allait lui sauter dessus, mais Maxime s'était alourdi, ses mouvements étaient moins alertes, et surtout, là, il était ivre mort – une pichenette aurait suffi pour l'envoyer à terre. Il a dû le sentir. Il n'a pas relevé le gant. Rémi s'est avancé, les sourcils froncés, en tee-shirt et en boxer – des sous-vêtements que je ne lui connaissais pas et qui paraissaient furieusement tendance. Nos voix l'avaient réveillé et il était furax.

— C'est quoi, ton problème ? Comme matières, je veux dire.

Maxime a marmonné une réponse.

— Quoi ? J'entends rien. Parle plus fort, merde !

— Un peu tout.

— Trie. Les trous les plus importants ?

— Maths. Français. Histoire-géo. SES.

— T'es en quelle section, rappelle-moi ?

Je suis intervenu. Le sarcasme n'était pas le bienvenu, à 2 heures du matin, en face d'un type aux trois quarts bourré.

— L'histoire-géo, je peux m'en charger.

— Comment ça ?

— L'histoire-géo, c'est d'abord de l'apprentissage. Je lui ferai réciter ses leçons. Je peux éclaircir certains points, on a tous le même programme de toute façon. Les maths, Rémi, c'est toi qui t'en occupes.

— J'imagine, oui. Et il y a du taf ! L'autre fois, son DM traînait dans le salon, j'ai halluciné. Il faut que je recommence avec les notions de base, genre quatrième, troisième. Je me demande comment il a pu passer en première, l'an dernier.

— J'ai beaucoup pompé. Beaucoup.

Nous nous sommes tournés vers lui. Nous avions tous les deux déjà triché, bien sûr (encore que Rémi, j'en doute, il est tellement concentré en classe que, même si quelqu'un lui passait les réponses, il ne comprendrait pas de quoi il s'agit), mais ponctuellement. Un œil glissé sur la copie du voisin (de devant souvent, c'est le plus facile), une réponse chuchotée, un papier roulé en boule dans la trousse qu'on n'arrive pas à utiliser, un bout de cours pris en photo avec le portable, mais tellement mal cadré qu'on n'arrive pas à le relire. Et toujours la peur au ventre, finalement.

— Beaucoup, dans quelles proportions ?

— La moitié, les trois quarts des devoirs.

— Mais… Mais comment tu fais ?

— Oh ça… c'est plutôt simple.

Il nous a exposé la multiplicité de ses techniques – de l'utilisation subreptice d'un deuxième portable (le premier ayant été préalablement sorti sur la table pour bien montrer qu'on ne s'en servait pas) lors d'un passage aux toilettes, au paquet de copies doubles au milieu duquel se cachait le cours photocopié, en modèle réduit. Mais ce qui marchait le mieux, c'était de soudoyer. Bien sûr, ça demandait de la loyauté et ça coûtait cher, mais il y avait toujours quelqu'un d'intéressé – dans les matières scientifiques surtout –, des fils de pauvres qui avaient bien envie de s'acheter les mêmes fringues ou les mêmes accessoires que les fils de riches, oui, c'était dégueulasse mais c'était comme ça, le monde marchait de cette manière-là, qu'on le veuille ou non. Après, il suffisait de se mettre à proximité pendant le contrôle et de s'arranger. Le problème, c'était quand l'autre était malade ou que le prof était plus soupçonneux que d'habitude malgré (ou à cause de) l'air charmeur de Maxime, et qu'il déplaçait le dealer de connaissances. Alors, les notes dégringolaient – ce qui expliquait les siennes en dents de scie. Les montagnes russes n'étaient pas dues à un travail irrégulier – parce qu'il n'y avait pas du tout de travail – mais à des incidents indépendants de sa volonté.

Rémi a émis un long sifflement, entre stupéfaction et admiration.

— Mais tu pensais t'en tirer comment, au bac ?

Maxime a haussé les épaules et répondu qu'il ne voyait pas aussi loin. Il se disait que, d'une façon ou d'une autre, il s'en sortirait. Il travaillerait en juin, juste avant les épreuves, et puis les jurys avaient la consigne d'être coulants, non ? Tout le monde l'avait le bac, de nos jours, alors pourquoi on le lui refuserait ?

— OK. Je crois que ce n'est pas la peine de parler avec toi, ce soir. Tu ne te rends même pas compte de ce que tu dis. Demain, tu finis à quelle heure ?

— Dix-sept heures.

— Moi aussi. À dix-sept heures trente, on attaque les maths. Ici. Sur la table de la cuisine.

— Mais je...

C'est moi, cette fois, qui l'ai interrompu, et j'ai halluciné de ce que je lui ai envoyé :

— Mais rien. Soit tu acceptes, soit tu dégages !

— C'est ma mère qui décidera de ça !

— Non, c'est moi – et mes parents. Et toute ta magouille, là, ça me dégoûte. Et ça les écœurerait encore plus s'ils étaient au courant. C'est juste pitoyable. Alors tu acceptes l'aide de Rémi, ou tu dégages.

— Je crois bien que je vais dégager, alors.

— OK. Pas de soucis. Je m'occuperai des détails financiers avec ta mère.

— Vous êtes de vraies saletés.

— Quand on parle des autres, on parle de soi.

Depuis le temps que j'essayais de la ressortir, celle-là, elle tombait à pic. Nous sommes tous les trois rentrés dans nos chambres sans bruit (tant mieux, parce que j'ai pensé un moment que les flics allaient encore débarquer pour tapage nocturne).

Le lendemain matin, nous nous sommes à peine croisés et, au lycée, nous nous sommes consciencieusement évités. Nous attendions. Le soir, à 17 h 30, Maxime était là, les yeux fixés au sol, la moue collée au visage. Il était sobre. Rémi s'est assis comme si de rien n'était et ils ont ouvert le trieur de Maxime.

Depuis lors, régulièrement, dans l'appartement, c'était le pugilat. Des coups de gueule, des insultes. Mais Rémi tenait bon et finalement Maxime aussi. C'était plus difficile avec moi, en fait. Je lui faisais réviser ses leçons d'histoire-géo mais un rien le distrayait et il soupirait bruyamment, comme un gosse de CP. Je me décourageais. Je repartais dans ma chambre. Il revenait me chercher. Cela durait des heures, pendant lesquelles je ne travaillais pas et je ne voyais pas Pauline. Elle s'était d'ailleurs plainte que je passe plus de temps avec Maxime et Rémi qu'avec elle. J'avais rétorqué que c'était plutôt normal puisque j'habitais avec ces deux gars-là. Elle avait esquissé une moue. Elle avait répondu qu'elle n'était pas bien sûre que, si je devais choisir entre elle et eux, je ne les choisisse pas eux. J'avais haussé les épaules. J'avais murmuré que la question ne se posait pas et ne se poserait jamais. Une colocation, c'était fait pour durer un an, un point c'est tout – un couple, ça pouvait tenir plus longtemps. Elle avait semblé rassurée. Moi pas. J'avais envisagé soudain la fin de notre trio – si les résultats de Maxime ne progressaient pas, si mes parents trouvaient un acquéreur intéressant pour l'année suivante – et j'avais paniqué, intérieurement. C'était dingue, la vitesse à laquelle je m'étais attaché à ce mode de vie, et aux deux énergumènes qui le partageaient avec moi.

Je m'étais mis à préparer les repas, parfois. Rémi était occupé par Maxime, il fallait bien que quelqu'un s'y colle. Je me disais que puisque Rémi y parvenait sans effort, ce ne devait pas être trop compliqué. Ça a été plus difficile que prévu. La première fois, je m'étais mis en tête de cuisiner des morceaux de poulet en papillote – sur la notice, au dos du paquet, cela semblait simple comme un jeu d'enfant. J'ai mal refermé les papillotes. Résultat, le four était bon à nettoyer de fond en comble et le poulet trop cuit. Après d'autres ratés, j'ai réduit les risques en consultant les recettes sur internet et en les complétant avec les conseils que m'envoyait ma mère par e-mail. Elle était enchantée de rendre service. Et puis, que je me mette à la cuisine ne pouvait que lui plaire : au moins, quand je rencontrerais une fille (heureusement, elle n'était pas au courant pour Pauline) et que je me mettrais en ménage ("se mettre en ménage" est une des expressions préférées de ma mère), tout ne reposerait pas sur elle. C'était nouveau, ce discours-là, dans la bouche de ma mère. On sentait l'influence de la mère de Maxime. J'espérais que cette dernière picolait moins que son fils. Même s'il avait réduit sa consommation dernièrement, pour se consacrer un peu plus aux études, il continuait quand même à descendre régulièrement des bières et des alcools plus forts chez les uns, chez les autres, et parfois tout seul, quand nous étions couchés.

Pour tout dire, j'attendais les vacances avec impatience. J'avais besoin de repos. D'isolement. J'aspirais, pour la première fois de mon existence, à être à la campagne – dans la chambre de mon enfance, avec des champs et des forêts à perte de vue. Et des livres. J'avais faim de livres. Je n'avais rien lu d'autre que les romans imposés par le programme depuis des mois. Noël en pleine cambrousse. Le rêve.

Sauf qu'en guise de Noël, j'ai eu le père. Le mien.

Il a débarqué un mercredi soir, vers 21 heures. Maxime était parti faire un tour, il avait besoin d'air, trop de fonctions, de vecteurs et de cosinus le rendaient asthmatique ; nous nous doutions qu'il ne rentrerait pas avant minuit. Rémi allait rejoindre Sébastien au cinéma. Je voulais les accompagner avec Pauline, mais il était hors de question qu'elle sorte à nouveau, avaient décrété ses parents, elle était de moins en moins avec eux, et elle devait se consacrer à ses études. La perspective de tenir la chandelle à un couple homo ne me séduisait qu'à moitié. Du coup, j'étais plutôt content de voir mon père à l'improviste. Il m'a proposé d'aller prendre un verre au bar d'à côté. J'ai été à deux doigts de commander un diabolo menthe, mais je me suis ravisé. Je n'avais plus besoin de jouer le rôle de l'enfant idéal. J'ai pris une bière. Il n'a même pas relevé. Il a opté pour la même chose. Il avait l'air préoccupé. Il jetait des coups d'œil à la rue, de l'autre côté de la vitre. Nous sommes restés silencieux quelques minutes et c'est moi qui ai brisé la glace.

— Ça va ?

— Oui, oui.

— Tu es sûr ?

— À peu près, oui.

— Tu as l'air préoccupé.

— Je le suis.

— Ah. Je peux savoir par quoi ?

— Disons, par exemple, par l'endroit où je vais dormir ce soir.

J'avais beau me douter de quelque chose, j'ai reçu la phrase comme un uppercut. J'ai avalé une gorgée de bière pour me donner une contenance. Je ne savais absolument pas comment réagir. Avec un ami qui irait mal, qui viendrait de se faire plaquer ou qui se demanderait ce qu'il allait devenir, oui, j'aurais trouvé les mots facilement. Je l'aurais pris dans mes bras, j'aurais raconté n'importe quoi, je lui aurais tapoté l'épaule mais avec mon père… Je me suis gratté le cou. J'ai toussé. Et puis, j'ai enfin lâché le morceau.

— Je… Il y a de la place chez moi, enfin, chez nous.

Mon père a souri – mais le sourire n'a pas atteint son regard.

— C'est gentil, mais non, je ne vais pas déranger des gamins qui s'éclatent. Je ferais tache et puis ça mettrait tout le monde mal à l'aise.

— Qu'est-ce qui se passe avec maman ?

— Rien. C'est le problème, d'ailleurs. Je crois qu'il n'y a presque plus rien entre nous. Nous ne faisons que nous croiser. Tu as compris qu'elle avait trouvé une copine avec laquelle faire semblant d'avoir dix-sept ans. Moi, j'en ai toujours cinquante. Mais bon, ce n'est pas nouveau. Ta grand-mère pensait que, bébé, j'avais déjà cinquante ans.

— Vous allez divorcer ?

— Ça te fait peur ?

— Un peu. Enfin, je ne sais pas trop. Je n'y ai pas réfléchi. Je pensais que si je quittais la maison, ça vous rapprocherait.

— Oui, moi aussi. Mais ça n'a pas été le cas.

— Tu vas habiter où ?

— À l'hôtel, ce soir. Demain, je demande de l'aide à des collègues. Il y en a un qui est propriétaire d'un appart meublé et qui ne trouve pas de locataire. Il va pouvoir me dépanner.

— Je suis désolé. Je préfère te laisser mon lit ce soir. Je ne supporterais pas que tu dormes à l'hôtel seul.

— C'est gentil, mais j'ai déjà réglé la chambre.

— Et le moral ?

— Des hauts, des bas. En même temps, je suis content d'avoir pris une décision, même temporaire. J'étais anesthésié. Au moins, me retrouver là, avec toi, ça me réveille.

— Maman n'est pas au courant ?

— Non. Je pense qu'elle s'en rendra compte demain – ou peut-être pas, après tout. Peut-être que ce n'est que dans quelques jours qu'elle se dira qu'elle a perdu quelque chose, et qu'elle n'arrivera pas à se rappeler quoi.

— Arrête. Tu exagères.

— À peine. Bon, et toi ? Tes amours, tes amis, tes emmerdes ?

Nous avons passé deux heures au café. Son hôtel était juste à côté – un deux étoiles. Il a ironisé là-dessus. Sur sa vie deux étoiles – jamais la misère, mais jamais le grand luxe –, du convenable, du moyen, du tout comme il fallait pour être bien considéré. Nous nous sommes séparés là-dessus. J'avais envie de lui dire que pour moi, il était un père quatre étoiles, mais ça aurait senti le mensonge à plein nez. Il n'avait guère été présent toutes ces dernières années – il passait beaucoup de temps au travail, il disparaissait au jardin –, il s'assurait juste que nous ayons le nécessaire et un peu de superflu. Du deux étoiles.

Pas le père Noël. Ni le père Fouettard. Juste un père.

JANVIER, CETTE ANNÉE, a commencé par une fête ratée, après une soirée familiale désastreuse. L'ambiance entre mes parents était aussi glaciale que la température extérieure. Mon crétin de frère ne voulait rien comprendre et m'accusait d'être à l'origine de la dispute, vu que c'était depuis que la mère de Maxime était entrée dans le tableau que tout déconnait, et la mère de Maxime, elle était arrivée à cause de qui, hein ? CQFD !

Ma mère avait signé un armistice pour le réveillon de Noël, invitant des petits-cousins et des grands-tantes pour qu'on soit nombreux à table et qu'on évite d'aborder des sujets personnels. Une réussite. On aurait dit une pub pour une série américaine. J'ai même pris des photos. Rémi en a été très jaloux – comme d'habitude, il a subi son réveillon à trois, et ses parents se sont couchés tôt après que leur fils eut décliné un Monopoly. Maxime, aucune nouvelle. Passé de l'autre côté de la Manche – SMS surtaxés, un ou deux mails, pas de Skype. Son autre vie.

Pour le réveillon du 1er janvier, nous avons choisi de suivre quatre voies différentes. Mon frère était reparti dans le Sud rallier une existence dont je ne sais rien, ma mère a rejoint une fête débridée au centre-ville, elle y a même invité mon père parce qu'elle ne supportait pas de le savoir seul ce soir-là, mais il s'est éclipsé en milieu d'après-midi pour participer à une soirée organisée dans la banlieue parisienne par des collègues de travail, avec chapeaux pointus et langues de belle-mère. Quant à moi, Hugo m'avait convié à ce qu'il entendait être le plus mémorable des réveillons. Hugo était déjà dans ma classe l'année précédente. Il ne m'avait jamais adressé la parole. Il était passé en scientifique. Il me méprisait, moi et mes semblables, les littéraires, qui ne comprennent pas comment le monde marche. Son attitude s'était modifiée en début d'année lorsqu'il avait appris pour la colocation avec le roi des geeks, et puis avait radicalement changé suite à la soirée de novembre dans notre appartement. Il me saluait avec effusion, me faisait la conversation parfois à la cantine. Je n'étais pas dupe. Je savais pertinemment qu'il ne cherchait qu'à être vu avec des gens populaires. Je n'étais pas très différent de lui, au fond. J'avais attendu d'autres invitations, qui n'étaient pas venues. J'avais accepté la sienne. Ni Maxime ni Rémi ne seraient là, mais Pauline si, et c'était tout ce qui m'importait.

Elle a téléphoné alors que je m'apprêtais à partir – ma mère venait de me déposer à l'appartement. La maison d'Hugo n'était qu'à deux kilomètres, j'irais à pied. Pauline était malade. Elle avait chopé la gastro, elle n'avait pas besoin de me faire un dessin. Ses parents avaient annulé leur réveillon pour rester auprès d'elle.

J'ai répondu que j'allais les imiter, je n'avais aucune envie de passer la nuit du 1er janvier sans elle, je venais la rejoindre. Elle a refusé net. Cela ne servait à rien. Tout ce que j'allais gagner, c'était de tomber malade à mon tour. Et puis elle ne voulait pas que je la voie dans cet état, elle n'était pas présentable, elle passait son temps aux toilettes, ça allait tuer toute l'attirance que j'avais pour elle. J'ai voulu protester, mais je n'en ai pas eu le temps – elle avait raccroché.

Dans la rue, il gelait. Je me suis demandé s'il ne valait mieux pas que je retourne à l'appartement désert et que je passe mon réveillon là. J'aurais mieux fait. Je me suis retrouvé au milieu de gens que je ne connaissais que de vue, dont les sujets de conversation ne m'intéressaient pas, le point d'orgue étant une discussion passionnante sur les mérites respectifs du PSG et de l'OM, discussion qui a d'ailleurs failli tourner au pugilat ; le buffet, commandé chez un traiteur, était bien moins réussi que la plus ratée des tentatives de Rémi. Quand la musique a commencé, je me suis dit qu'au moins j'allais danser, mais elle était à l'image de l'ensemble – répétitive, morne, avec une tendance marquée pour Rihanna, Chris Brown et Katy Perry. J'ai envoyé des SMS pour appeler au secours Rémi et Pauline, mais l'un devait être trop occupé par son compagnon et la seconde par le contrôle de ses entrailles. J'ai essayé d'appeler Maxime mais je suis tombé sur sa boîte vocale. Je me suis senti tout à coup terriblement seul. Les autres semblaient s'éclater. Ils levaient les mains en l'air, ils hurlaient, un vrai défouloir, chic, c'est la Saint-Sylvestre, pour une fois, laissons-nous aller. Je me suis assis dans un coin de la pièce à côté de cette fille pâle habillée tout en noir, avec un collier à pointes autour du cou. Les goths, d'habitude, ce n'est pas tellement mon truc, mais là, c'était une situation d'urgence. La fille en question s'appelait Sara, sans "h" au bout. C'était une cousine d'Hugo. Elle ne l'appréciait pas particulièrement mais ses parents à elle étaient en train de réveillonner avec ses parents à lui, donc elle n'avait guère eu le choix de sa soirée, d'autant qu'elle avait quinze ans, qu'elle était en seconde et qu'on ne lui demandait pas encore son avis. Elle maniait bien le sarcasme. Elle m'a fait rire plusieurs fois, je me suis senti mieux. J'ai essayé d'être à la hauteur de son humour. Je sais. J'essaie de me justifier. Alors que je n'ai aucune excuse. J'aurais dû partir. À la place, je suis resté. À minuit, j'avais trop bu, j'ai embrassé Sara la Goth, des longs baisers langoureux que tout le monde a vus. Quelqu'un a dû nous prendre en photo et l'envoyer à qui de droit parce que quand je suis finalement rentré, vers 3 heures du matin, sans même avoir pris le 06 de ma conquête d'un soir, j'ai reçu un message lapidaire de Pauline. Entre nous, c'était terminé.

La migraine a commencé peu après. Elle ne m'a pas lâché pendant trois jours. Mon père est venu me chercher. J'avais des éblouissements et, surtout, cette douleur qui partait du front faisait le tour de l'œil droit et repartait vers la tempe. Je ne pouvais rien manger. Je suis passé à deux doigts des urgences et du scanner.

Le médecin, dépêché à mon chevet, avait confié à mon père que si au bout de soixante-douze heures il n'y avait aucune amélioration, alors il serait impératif de se rendre à l'hôpital pour des examens complémentaires. Le matin du quatrième jour, la douleur m'avait déserté. J'ai même pu me lever pour prendre le petit-déjeuner. Je n'ai rien pu avaler. Je me suis recouché. J'ai envoyé mon centième SMS à Pauline pour tenter de lui extorquer un rendez-vous, qu'on s'explique quand même, qu'elle me laisse une seconde chance, mais elle n'a évidemment pas répondu. De toute façon, elle m'avait dit qu'elle partait quatre jours au ski avec ses parents après le réveillon. J'ai passé la deuxième semaine comme ça, entre mon lit et mon bureau, dans ma chambre, chez mes parents qui travaillaient, rentraient le soir, regardaient la télé, s'adressaient à peine la parole. J'ai compris aussi grâce à plusieurs indices que, depuis quelque temps, ils faisaient chambre à part. Ma mère avait annexé la chambre de mon frère, n'avait pas changé les posters ni la disposition générale mais laissait traîner des affaires à elle dans le placard vide et son parfum sur la table de nuit. J'ai échafaudé des scénarios pour reconquérir Pauline. Je lui ai écrit des lettres enflammées que je trouvais ridicules le lendemain matin et que je lançais dans la poubelle, dépité.

J'ai bossé également, aussi surprenant que cela paraisse. Seul le travail me permettait d'échapper à la répétition d'images – la soirée chez Hugo, les lèvres de Sara la Goth, le SMS, ou alors les moments plus heureux, avant. J'ai abattu un boulot dingue. J'ai fini les trois disserts que j'avais à peine ébauchées, lu les livres dont je n'avais parcouru que la quatrième de couverture, appris toutes les leçons, même celles qu'il n'y avait pas à apprendre. Je me suis aussi abîmé les yeux sur l'écran de mon ordinateur. Jeux, vidéos glauques, zappings. C'était beaucoup moins efficace que le boulot : il y avait toujours un moment où une actrice me rappelait Pauline, ou une situation qui faisait écho à la mienne. Je me suis dit qu'une fois rentré au lycée et à l'appartement, ça irait mieux – parce que ça ne pouvait qu'aller mieux. Je me mettais le doigt dans l'œil. Jusqu'au coude. Le mois de janvier a été une lente descente aux enfers.

Je n'avais pas posé mes affaires depuis deux heures dans l'appartement quand Maxime a déboulé, le visage fermé, les yeux à moitié exorbités. J'ai pensé sur le coup qu'il avait pris de la coke et qu'il allait vraiment falloir prévenir sa mère – ce qui ne serait pas simple parce qu'à mon avis, elle en avait aussi beaucoup consommé dans sa jeunesse et qu'elle continuait sans doute occasionnellement. En fait, j'aurais préféré. Il s'est servi une tasse du café que je venais de faire, s'est assis en face de moi à la table de la cuisine, s'est raclé la gorge et m'a annoncé qu'il préférait que je l'apprenne par lui plutôt que par quelqu'un d'autre genre Rémi, mais bon, voilà, il sortait avec Pauline. Il était désolé de me faire de la peine, mais il n'y pouvait rien, l'attraction était mutuelle, c'était pour ça qu'elle n'était pas venue avec moi au réveillon, elle n'était pas malade, enfin, pas physiquement en tout cas, juste un peu rongée par le doute et la culpabilité parce qu'elle n'avait pas envie que je souffre, et lui non plus, d'ailleurs, il n'avait pas envie que je souffre (c'était merveilleux, cette foule de gens qui tout à coup ne voulaient pas que je souffre), surtout pas, je restais son ami, et son ami à elle aussi. Pour un peu on allait faire des galipettes ensemble et ce serait merveilleux, la meilleure chose qui puisse m'arriver !

J'ai froncé les sourcils. J'ai demandé :

— Mais… tu étais à Londres, toi !

Et là, Maxime a rougi, ce qui lui est rarement arrivé en ma présence. J'ai compris alors à quel point je m'étais fait avoir : il n'était pas en Angleterre, il était resté là, tapi, à rencontrer Pauline en secret. Parce que cela durait depuis quelque temps. Et je pouvais l'imaginer, elle, troublée par ce garçon et se mordant les lèvres en s'avouant qu'elle s'était trompée en fait, c'était avec lui qu'elle aurait dû sortir, qu'est-ce qui lui avait pris cette soirée de novembre ?, si elle pouvait elle retournerait en arrière, elle déferait tout, ce serait tellement plus simple. Je n'ai pas pu me retenir. Je lui ai sauté dessus. C'était ridicule. Pathétique aussi. Pathétique parce que tu n'as pas à t'en prendre à ton rival quand ton histoire d'amour, ou ce qui y ressemble, se casse la figure. S'il y a eu rivalité, c'est que tu n'étais pas à la hauteur. Le responsable, c'est toi, point final.

Maxime s'est à peine défendu et j'ai la plupart du temps tapé dans le vide, tant j'étais aveuglé par la colère. Bilan : c'est moi qui ai eu des bleus partout, surtout sur les mains. Je saignais de la lèvre inférieure. Maxime avait aussi des marques de coups et son œil n'allait pas tarder à enfler. Il a pris son sac et il est parti.

C'est quand il a claqué la porte que j'ai ressenti le vide à l'intérieur. Énorme. Dangereux. Je suis allé dans l'armoire à pharmacie, prendre une des pilules que le médecin m'avait prescrites pour dormir, deux ans auparavant, quand je m'étais fait mal au dos. J'ai hésité à en prendre davantage, bien sûr. J'ai joué deux secondes avec l'idée, mais au fond, je restais conscient que tout cela était stupide, que j'en rirais jaune dans quelques années.

Sébastien et Rémi sont rentrés le lendemain matin. Ils m'ont trouvé avachi sur le canapé en train de comater devant la télévision. Je zappais à intervalles réguliers sur les chaînes les plus ahurissantes de la TNT – les chinoises, les russes, les spécialisées dans la vie des riches et célèbres ou dans les reportages animaliers. Ma lèvre était douloureuse, mon oreille droite amochée, et sur la mâchoire gauche, un joli dégradé de violet commençait à s'étendre. Ils ont vidé la trousse de secours – eau oxygénée, pommade d'arnica, sparadrap suturant. Pour un peu, je me serais cru chez l'esthéticienne. C'est à ce moment-là, complètement à contretemps, que les larmes sont venues. J'ai pleuré longtemps. Je crois que je n'avais jamais pleuré autant. Je ne suis pas un pleurnicheur. Quand je me battais avec mon frère, ou quand mes parents me hurlaient dessus parce que j'avais fait une ânerie, je restais stoïque. Là, non. J'en avais ma claque, du stoïcisme.

Les semaines suivantes, j'ai navigué à vue.

Maxime n'a remis les pieds dans l'appartement que pour en sortir ses affaires, en s'étant assuré auparavant que je n'étais pas dans les parages. Le trio est devenu un duo et même un solo, puisque, de son côté, Rémi passait de plus en plus de temps avec Sébastien. Je lui ai même demandé à un moment donné si Sébastien ne voulait pas emménager à la place de Maxime, mais Rémi a souri en expliquant que ce ne serait certainement pas une bonne idée : il n'était pas dit que leur relation dure, et le fait d'habiter ensemble ne ferait sans doute que précipiter les choses (quand Sébastien se rendrait compte à quel point Rémi était atteint par les syndromes du geek, il prendrait ses jambes à son cou). En attendant, Rémi a déclaré que nous devrions retrouver quelqu'un – c'était un manque à gagner pour mes parents qui pourraient remettre la colocation en question.

En fait, la mère de Maxime avait réglé les mois de janvier, février et mars, lorsqu'elle avait appris ce qui s'était passé. Et la dispute entre les deux fils avait également laissé des traces chez les mères, qui s'étaient brouillées. Ma mère était déprimée, ce qui se traduisait par une dose élevée d'agressivité ; mon père tentait de passer entre les gouttes afin d'éviter les querelles. Et moi, je n'avais pas de temps pour eux. J'avais déjà bien assez à faire avec mes propres problèmes.

Au lycée, je rasais les murs et j'essayais de me faire oublier – ce qui donnait du baume au cœur à tous ceux qui avaient été jaloux de notre colocation. Les commentaires allaient bon train. C'était évident, c'était fatal, on ne pouvait pas faire confiance à un mec comme Maxime. C'était évident, c'était fatal, Pauline ne pouvait pas rester avec un tocard comme moi. C'était évident, c'était fatal, l'idée même que nous pouvions vivre ensemble était une aberration. Je laissais couler, planer, ragoter.

Maxime et Pauline aussi, heureusement, restaient discrets. À l'inverse de certains nouveaux couples, ils ne s'affichaient pas dans la cour du lycée ou sur les bancs du parc en face. Je ne les ai croisés que deux fois ce mois-là, et séparément à chaque fois. Maxime faisait semblant de ne pas me voir, c'était plus violent qu'un uppercut dans l'estomac. Avec Pauline, c'était plus compliqué. La première fois, elle s'était dirigée directement vers moi. Elle fulminait. Elle était revenue sur le 1er janvier et sur Sara.

— T'es mal placée pour me reprocher quoi que ce soit !

— Et toi t'es mal placé pour afficher ton air de victime dans tout le lycée !

— Je n'affiche rien du tout ! J'essaie de faire face, c'est tout.

— Tout le monde m'engueule !

— Eh bien parle-leur du réveillon et de mon infidélité. N'oublie surtout pas de leur dire qu'au même moment, tu étais à Paris avec Maxime et que tu t'éclatais comme une malade.

Fin de la conversation. La deuxième fois, elle avait tourné le visage vers les fenêtres donnant sur la cour mais, au dernier moment, elle m'avait jeté un coup d'œil quand même et j'avais été surpris de trouver dans son regard de la tristesse. J'étais tellement en colère que je ne m'étais jamais demandé si elle, ou Maxime, souffrait de la situation.

La seule chose qui m'a sauvé, pendant cette période-là, c'est le travail, et les résultats. J'avais été au premier trimestre un élève dans la norme, une assez bonne surprise pour les profs vu mes résultats en seconde, mais là, je me mettais à étinceler en classe, au moment même où j'étais au fond du trou. Il faut dire qu'entre le travail que j'avais fourni pendant la deuxième semaine des vacances et tout ce que je potassais depuis qu'on était rentrés, ce n'était que justice. J'étais un peu surpris, j'avais entendu parler de ces déprimes qui empêchent les individus de faire quoi que ce soit d'autre que de rester allongés en remâchant leur désespoir. La mienne était différente. Je le voyais, le bout du tunnel : il coïncidait avec la fin du lycée, le début de l'université, une autre ville, des lieux où personne ne me connaîtrait, où je ne passerais pas pour le connard de service qui se la pète plus haut que son cul, pour le cocu ridicule.

Mes parents sont venus régulièrement, aussi. Un soir, ma mère est passée à l'appartement quand j'étais seul – elle savait que Rémi rentrait exceptionnellement chez ses parents. Elle m'a confié qu'elle avait été choquée par le comportement de Maxime, mais pas réellement surprise. Elle avait aussi entendu dire que je n'avais pas non plus été blanc comme neige avec Pauline et que, en fait, nous nous étions trompés mutuellement. Elle n'avait jamais voulu se mêler de ma vie privée, mais là, que je le veuille ou non, elle était impliquée, parce qu'il allait falloir retrouver un colocataire. Est-ce que je pouvais lui donner des explications ? Elle m'a écouté. Elle a hoché la tête. De haut en bas, puis de gauche à droite. Elle n'a prononcé aucun jugement et a préféré changer de sujet. Je n'en revenais pas. Elle s'est concentrée sur le choix du remplaçant de Maxime. Ce n'était pas comme au mois de juin. Elle avait de nombreux candidats. Dont certains avaient carrément téléphoné à la maison. Apparemment, cette colocation avait été l'objet d'un gros bouche à oreille au lycée.

— Oui. Mais je suis surpris quand même.

— Pourquoi ?

— Je pensais que la popularité de l'appartement tenait avant tout à Maxime.

— Il faudrait peut-être qu'un jour tu arrêtes de te sous-estimer.

Je me souviens que j'étais affalé dans le canapé et qu'elle était en face, dans le fauteuil qui avait appartenu à ma grand-mère, un des seuls meubles qui aient survécu à notre emménagement. Je me suis relevé. Je n'en croyais pas mes oreilles. Ma mère ne pouvait pas me tenir des discours pareils. Pas elle. Pas à moi. Ou alors, nous vivions, ensemble et séparés, une véritable révolution.

— Oui, je sais ce que tu penses et je te donne raison. Si tu te dénigres sans cesse, ton père et moi y sommes sans doute pour quelque chose. Pour beaucoup, même. Nous avons dû idolâtrer ton frère et tu en as souffert. Si c'est le cas, j'en suis désolée. Je… Ton frère a… enfin, nous avons cru qu'il ne survivrait pas à la naissance. Il était très…

— Prématuré, je suis au courant.

— Disons que… Il est resté trois mois en couveuse, je venais le voir tous les jours, ton père n'y parvenait pas, il était persuadé que nous le perdrions. Les médecins refusaient tout pronostic. Ils répétaient qu'il fallait attendre. Savoir si le bébé se battait pour survivre ou non. Je... Tout s'est bien passé, mais je crois que nous ne nous en sommes jamais remis. Alors évidemment, quand tu es arrivé, toi et tes quatre kilos trois cents, ta forme éblouissante, tes cris qui ameutaient toute la maternité, on... on s'est dit que tu ne poserais pas de problèmes. Que ça roulerait tout seul. C'est idiot.

— Maman ?

— Oui ?

— Pourquoi tu ne m'as pas confié tout ça avant ? Je veux dire, quand Nicolas vivait avec nous. J'aurais compris. Enfin, j'aurais mieux compris.

— Parce qu'avant, je n'avais pas rencontré Hélène. Je n'avais personne à qui me confier. Personne qui me fasse réfléchir.

— Même pas papa ?

— C'est compliqué, les couples. On est sur un mode de fonctionnement. On a peur de le modifier et de briser l'équilibre. C'est confortable. Et puis à un moment, ça devient trop étouffant. Il faut du renouveau, les fenêtres ouvertes, des courants d'air partout dans la maison. Disons qu'Hélène a été le coup de vent.

— Vous couchez ensemble ?

— Quoi ? Hein ? Romain, je suis désolée, mais je ne parlerai pas de ma vie intime avec toi.

— Rémi est gay.

— N'importe quoi !

— Il sort depuis deux mois avec un mec très bien. Ce n'est ni le premier ni le dernier. Il assume tout.

— Je… oh mon Dieu !

— Dieu n'a rien à voir là-dedans.

— C'est… surprenant. Je croyais qu'il ne… enfin, qu'il n'envisageait pas les filles, enfin, les autres êtres humains. Ils… ils font… non, je ne veux rien savoir. En tout cas, Hélène et moi, non, si ça peut te rassurer.

— Ça ne me gênerait pas. Enfin, un peu. Mais ça… expliquerait des trucs… Et puis ça te donnerait du piment, ça relèverait le… la…

— La sauce ? Merci du compliment !

Elle n'était pas fâchée. Pas même choquée. Plus étonnant encore, elle s'est mise à sourire.

— C'est exactement ce qu'elle fait, Hélène. Elle met du piment. Des choses que j'aimerais que ton père fasse, parfois. Par exemple, décider un soir de rouler jusqu'à la plage la plus proche, trois heures de conduite partagée, dîner sur le pouce sur une aire d'autoroute, conduire avec l'autoradio à fond, et chanter comme des casseroles sur les succès d'hier, revenir à 6 heures du matin ; des trucs insensés comme ça, des trucs que je n'ai jamais faits de ma vie, parce que j'ai suivi les rails qu'on avait posés pour moi, je me suis mariée, j'ai eu des enfants, j'en suis très fière, bien sûr, mais quelque part, ce n'est pas tout à fait moi.

Son regard s'était absenté. Elle fixait un point par-delà mon épaule. Elle regardait les lumières dans l'appartement du voisin d'en face. Elle a expliqué aussi que c'était pour ça qu'elle trouvait finalement que c'était une bonne idée, cette colocation. Elle avait freiné des quatre fers parce qu'elle avait eu peur pour moi, et pour elle. Elle craignait de rester seule avec mon père et de s'ennuyer à mourir, comme ça avait été le cas quand j'étais à l'internat, l'année précédente ("Ton père ne s'en est pas rendu compte, je crois, mais j'aurais pu avaler une boîte entière de barbituriques tellement tout me pesait"). Mais Hélène était arrivée, et elle ne me remercierait jamais assez.

— Et papa ?

— C'est à lui de venir à ma reconquête, non ? Ou alors, c'est que nous n'avons vraiment plus rien à faire ensemble. Ça te rend triste, j'imagine ?

J'ai haussé les épaules. Il y avait tellement de choses qui me rendaient triste – ce n'était qu'une pièce du puzzle. Tandis que ma mère parlait du rôle d'Hélène dans son existence, je découvrais qu'en fait, ce qui me rendait le plus amer, c'est que c'était exactement ce que j'avais attendu de la colocation avec Maxime. Et que le résultat était consternant. Je l'ai confié à ma mère, ce qui aurait été inconcevable à peine deux mois plus tôt.

— Oui, je sais, Romain. Les chiens font parfois des chats, ou des chats qui ont des allures de chiens mais qui sont des chats. Je ne crois pas que Maxime ait beaucoup de cœur. En tout cas, il sait bien briser celui de sa mère, et il ne s'en prive pas.

— C'est sans doute parce qu'elle ne l'a pas ménagé.

— Les deux doivent avoir leurs torts. Mais je pense qu'il est plus prudent de ne pas trop traîner auprès de Maxime. C'est un séducteur, mais il te jette dès que quelque chose de mieux se présente. C'est Pauline qu'il faut plaindre, en fait.

— J'ai un peu de mal, là, tout de suite.

Ma mère a souri à nouveau, et elle m'a passé la main dans les cheveux.

Voilà, le mois de janvier s'est clos là-dessus : je n'avais plus d'amoureuse, un colocataire en moins, un autre en couple, des résultats en hausse, et une mère presque aimante.

Décidément, c'était une drôle d'année.

CHAD.

C'est quand même un drôle de prénom. C'est ce que je n'arrêtais pas de me répéter en le voyant tourner en rond dans l'appartement. Souvent, quand tu entends un prénom, tu imagines la personne qui le porte, avec tous les stéréotypes qui vont avec : les Dylan doivent être des glandeurs, les Mathieu des sérieux un peu timides, les Marie des bourgeoises légèrement coincées. Quand je prononce "Chad", en revanche, rien ne me vient. Je me demande seulement à qui ou à quoi pensaient ses parents quand ils ont décidé de l'appeler comme ça.

En fait, ça tombe plutôt bien, parce que Chad ne ressemble à personne d'autre. *Décalé*, c'est l'adjectif qui convient. Il est en première ES, comme Maxime – mais il n'est pas dans notre lycée. Cela a sans doute été un critère déterminant dans le choix que nous avons fait, mes parents, Rémi et moi. C'était l'assurance de ne pas tout mélanger, les études et la vie privée. Nous ne connaissons ni ses profs ni ses camarades de classe. Il n'y aura pas vraiment de jalousie dans notre bahut – nous avons opté pour un inconnu, la déception des autres sera moins grande.

Ironie du sort, c'est la mère de Maxime qui a parlé de lui à ma mère. Elle se sentait coupable de ce qui était arrivé, alors elle a mentionné ce gamin de seize ans dont les parents étaient arrivés de Bordeaux dans le département cet été, et qui ne connaissait personne. Il voulait absolument continuer le russe parce qu'il était tombé amoureux d'une Ukrainienne lors d'un échange scolaire, mais ses parents avaient emménagé à trente kilomètres de l'établissement qui proposait cette option. Il n'y avait plus de place à l'internat – ils ne savaient pas quoi faire. Un des collègues de son père avait entendu parler de Maxime et de la colocation, et il avait donné le numéro de téléphone d'Hélène.

Quelques jours après, Chad est arrivé avec ses parents. Son père, chauve à lunettes, pull jacquard, pantalon à pinces, volubile, directement sorti des années 1980 sans avoir été préalablement décongelé. Elle, rousse, ronde, timide, se tenant en retrait, avec la jeune sœur de Chad, une toute petite chose pâle à la dentition incertaine qui répondait au nom d'Annabel – un seul "l", pas "lle", nous a précisé sa mère, comme si nous allions souvent écrire à la petite sœur de notre nouveau colocataire. Nous ne savions pas tellement de quoi parler, Rémi et moi. Nous avons demandé à Chad s'il avait des questions mais rien ne lui venait à l'esprit. Nous avons parlé des tâches à tour de rôle ; puisque Maxime n'était plus là, la répartition pouvait être plus équilibrée. Chad ne savait pas faire la cuisine, à part les pâtisseries. Pour le reste, le ménage, la vaisselle, le rangement, il apprendrait, avait conclu son père, avant de se lancer dans un laïus sur l'importance de s'adapter dans la société moderne, et surtout dans la vie professionnelle, puisque maintenant c'est fini un emploi pour la vie, il est prouvé qu'un salarié fréquentera au cours de sa carrière cinq ou six entreprises différentes et à chaque fois le mot-clé, ce sera l'adaptation. Je l'ai laissé dériver. De toute façon, il n'attendait aucune réponse. Je me suis tourné vers Chad. J'avais remarqué, parmi ses bagages, un étui à guitare.

— Tu joues de la gratte ?

Chad a froncé les sourcils et m'a regardé droit dans les yeux.

— Je n'aime pas ce mot-là. Gratte. Gratter, c'est pour une démangeaison, une maladie. La guitare, ce n'est pas une maladie.

Je ne savais pas comment encaisser la réflexion. Ni son auteur. À côté de lui, Rémi était le plus prévisible des hommes. Je me suis demandé si nous allions faire long feu, tous les trois. Peut-être que c'était fatal, après tout : le nombre impair était bancal, la troisième personne serait notre talon d'Achille. Nous aurions dû être quatre. Quatre, c'est le nombre de pieds d'une chaise, d'une table, d'un lit – c'est stable et sûr.

Donc, Chad jouait de la guitare. Beaucoup. Quand je rentrais le soir, il était généralement déjà là, alors que son lycée était beaucoup plus loin que le mien, et il égrenait les mélodies. Comme tous ceux qui apprennent des morceaux, il enchaîne trois mesures, ça ne va pas, il recommence, deux, cinq, dix, vingt fois. Il ne hurle jamais qu'il en a marre, il n'envoie jamais balader sa précieuse guitare, mais il persévère. À sa décharge, on peut dire qu'il était conscient qu'à la longue, ça pouvait être usant de l'entendre s'acharner sur ses cordes et qu'il tentait de se faire discret. Il se mettait dans un fauteuil, dans un coin du salon – mais du coup, impossible de regarder la télé ou de se détendre sur le canapé. Je me retrouvais claquemuré dans ma chambre, comme je ne l'avais jamais été du temps de Maxime.

C'est Rémi qui a pété les plombs le premier. Je ne l'aurais jamais cru. Il est sorti un soir de sa chambre en furie et s'est planté devant Chad.

— T'as pas des devoirs à faire ?

— Hein ?

— Tu m'as très bien entendu !

— T'es pas mon père, que je sache !

— Non, mais je suis ton colocataire et moi, j'en ai, des devoirs. Des équations, des fonctions, des inégalités, des affines, des vecteurs, en veux-tu en voilà et je n'arrive pas à me concentrer avec la bande-son que tu nous infliges en permanence.

— T'aimes pas la guitare ?

— Si, mais pas cinq heures tous les soirs, et surtout pas tout le temps les mêmes accords. Pour moi, la guitare, c'est s'asseoir avec d'autres personnes et se mettre à chanter des morceaux que tout le monde connaît.

— Ça, c'est un dérivé du karaoké. C'est pas de la musique !

— Je m'en contrefous, de la musique ! On est trois à vivre ici. Si tu ne t'en es pas encore rendu compte, alors je crois qu'on ne va pas pouvoir continuer longtemps.

— Ce n'est pas toi qui détiens le bail.

— Très bien. On va demander son avis à Romain. Alors. Romain ?

— Dans le règlement de la colocation, il est spécifié qu'on ne doit pas déranger ses camarades.

— Qu'est-ce que c'est que ce règlement ? Je n'en ai jamais entendu parler.

— Normal, je ne l'ai pas encore écrit. Mais ce sera l'article numéro un.

— OK. Ce n'est pas vous qui me virez, c'est moi qui reprends ma liberté.

— Tu ne peux pas juste trouver une solution à l'amiable ?

— Une solution à l'amiable, c'est quand il y a des amis.

Et il est allé se réfugier dans sa chambre, en prenant bien soin de claquer la porte avant. Nous avons soupiré. Nous imaginions la suite. Les parents qui débarquent, qui tentent de trouver un compromis, qui se frottent les uns aux autres.

En fait, rien ne s'est passé comme prévu. Chad est ressorti au bout d'une heure. Il s'est excusé. Il a expliqué qu'il avait fait un gros retour sur lui-même (en une heure), et qu'il savait qu'il devait s'efforcer d'être plus sociable, ses parents le lui avaient répété, parce qu'en vérité, à Bordeaux, il était seul aussi. Et qu'il en avait marre d'être seul. Il a ajouté :

— Bon, est-ce que je peux aider Rémi avec ses foutus légumes… pardon, ses délicieux légumes ?

Chad, ce qu'il aimait surtout, c'était le steak tartare. Mais pour cela, nous avons fini par trouver un terrain d'entente. C'était bien. Pourtant, curieusement, ce soir-là, quand je suis allé me coucher, j'avais le blues. Parce que jamais personne ne pourrait remplacer Maxime.

Maxime a disparu peu après. Je ne l'ai pas appris tout de suite, car personne ne voulait m'en parler, au lycée. Je ne le croisais plus dans les couloirs, certes, mais comme nous faisions tout pour nous éviter, il n'y avait rien d'anormal. Au début, ceux de sa classe ont pensé à une maladie, ou à une défection temporaire. Comme Pauline était absente également, les ricanements y sont allés bon train – c'était sans doute la mononucléose, ou alors elle était enceinte. Lorsque je l'ai appris, j'ai ricané avec les autres. Jaune. Jaune pisseux même. Et puis quand, au bout de dix jours, il n'y a eu toujours aucun signe ni d'elle ni de lui, je me suis inquiété et je me suis fendu d'un SMS. À la fin de la semaine, nous serions en vacances. J'avais accepté de partir quelques jours avec mes parents à la neige. Mon père avait insisté, mon frère serait là, ce serait sans doute la seule occasion de nous retrouver tous les quatre cette année – tous les cinq même, puisque la copine de mon frère venait aussi, ce qui signifiait qu'il me lâcherait la grappe pendant le séjour.

La réponse de Pauline est arrivée deux jours avant les vacances. Elle voulait me parler. Aussi vite que possible. Si j'étais d'accord, bien sûr. Et elle était désolée. Elle était tellement désolée. J'ai dit à Rémi que je n'allais sans doute pas donner suite mais il m'a donné une tape sur la nuque et a rétorqué qu'il fallait savoir ce que je voulais : après tout, c'était moi qui l'avais recontactée.

Je devais lui fixer un rendez-vous. Tout de suite. Cela ne pourrait me faire que du bien, puisqu'elle était désolée. Lui-même passerait la soirée avec Sébastien. Nous aurions l'appartement pour nous deux.

Je repense à cette soirée. Là. Maintenant. Alors que je suis en train d'écrire cette histoire, mon histoire, la nôtre. Alors que, dehors, le soleil a envahi les rues. Alors que je suis seul à la campagne, qu'on est début juillet, que tous mes amis sont loin et que, dans quelques jours, je pars faire un mini-tour de France ferroviaire, pour voir ces gens qui ont peuplé ma vie cette année, et qui font maintenant partie de moi. Sauf Pauline. Je n'irai pas retrouver Pauline. Non.

Pauline, ce soir-là. Engoncée dans une sorte d'anorak noir informe. Grelottant dans des bottes fourrées beiges qu'elle avait dû piquer à sa grand-mère. Avec une écharpe vert et blanc autour du cou. Rien n'allait ensemble. Rien n'allait tout court. J'avais mis le chauffage à fond dans l'appartement. Je voulais qu'elle se sente bien. J'avais préparé un gâteau au chocolat. Fait couler du café. Fait infuser du thé. Pressé du jus d'orange.

Rémi s'était moqué de moi, avant de partir :

— Donc, tu ne voulais pas donner suite ?

— Arrête !

— Non, parce que, là, tu prépares tout comme si tu voulais ressortir avec...

— Rien à voir. Je veux juste que tout se passe bien.

— Tu mettras une chaussure devant la porte d'entrée si vous êtes en train de faire des galipettes, que je ne te dérange pas.

— Tu ne me déranges jamais
— Ouh là. Tu as envie que je filme tes ébats ?
Il s'est reçu une éponge en pleine figure. Une fois que j'ai eu tout fini, j'ai regardé la table de la cuisine, et j'ai été obligé de lui donner raison. Je préparais un nid d'amour.

D'amour, il en a été question quand Pauline est arrivée. Mais pas tellement du mien pour elle ou du sien pour moi. Elle a beaucoup parlé de Maxime, en revanche. De ce Maxime avec qui elle était sortie un soir, en fin de quatrième. C'était la fête du collège, elle était raide dingue de lui depuis des semaines déjà, mais elle ne l'avait avoué à personne, parce que c'était ridicule – toutes les filles étaient folles de Maxime et elle ne voulait pas être en concurrence. Elle avait feint l'indifférence quand il l'avait invitée à danser. C'était une technique éprouvée, qui avait à nouveau bien marché. Elle avait répondu avec légèreté et une certaine lassitude à ses questions. Elle lui avait aussi envoyé qu'elle n'était pas tellement attirée par les gens populaires, être populaire, c'était faire constamment des compromis, cela empêchait la sincérité. Il avait pris la mouche, la discussion avait tourné au vinaigre, il l'avait plantée à la fin du premier slow et était allé voir ailleurs, mais bien sûr, plus tard, il était revenu, il désirait comprendre. Ils s'étaient embrassés avant de se séparer, près du garage à vélos. Personne n'était au courant. Il voulait aller plus loin, elle avait mis son veto. Ils avaient quatorze ans. Ils avaient tout le temps. Elle n'était pas une de ces filles qui sont pressées de coucher. Elle était rentrée chez elle persuadée d'avoir un amoureux. Le lendemain, au collège, il l'avait à peine regardée. C'était comme si rien n'avait eu lieu. Elle avait passé toute l'année suivante à l'observer faire le beau et embrasser les plus entreprenantes. Elle se sentait bouillir à l'intérieur, mais elle pensait qu'en allant au lycée, les compteurs seraient remis à zéro et qu'elle l'oublierait. Elle espérait juste qu'elle ne serait pas dans sa classe et, heureusement, ses vœux avaient été exaucés.

En seconde, personne n'aurait pu soupçonner les sentiments de Pauline envers Maxime. Elle ne lui jetait pas un coup d'œil. Elle sortait avec un terminale. Elle passait pour plus mûre que son âge et blasée par les garçons de quinze ans. Lorsque l'été était arrivé, son copain avait rompu : il partait en Bretagne poursuivre une formation d'architecte, il ne pourrait même pas rentrer tous les week-ends, cela ne rimait à rien. Elle n'en avait pas souffert – elle ne l'aimait plus vraiment. Elle ne savait d'ailleurs pas si à un quelconque moment elle l'avait déjà aimé. Elle restait toujours accrochée à Maxime – malgré son comportement de goujat, ou à cause de lui justement, elle n'arrivait plus à comprendre ce qu'elle ressentait.

C'était Maxime qui l'avait invitée, bien sûr. Elle était avec des filles de sa classe, il avait parlé de la fête, il voulait qu'il y ait un maximum de monde, et des filles surtout, c'était important, les filles.

— J'avais entendu parler de la colocation, évidemment. Je me demandais comment ça pouvait se passer, pour vous trois. J'étais curieuse. Et puis, quelque part, à l'arrière de mon cerveau, il y avait l'idée que peut-être, ce soir-là, Maxime aurait l'étincelle. Enfin, bref, je suis venue. Il ne m'a absolument pas calculée. J'ai décidé de m'amuser, c'était facile, c'était une très bonne soirée, et puis je t'ai vu, tu étais là, adossé au mur, je me suis rappelé que c'était ton anniversaire et je me suis dit, c'est étrange, le soir de son anniversaire, il devrait être sur le toit du monde et il est simplement mélancolique, et seul. J'ai eu comme un coup au cœur, j'ai voulu être le point d'orgue, celle qui rendrait cette nuit-là inoubliable mais, je vais être honnête, Romain, je savais aussi que dans un coin du salon il y avait Maxime et qu'il nous verrait. C'était ton anniversaire, tous les regards seraient braqués sur nous. Une magnifique vengeance. Je sais, c'est minable. Mais parfois, on est comme ça, non, minables ? Enfin, peut-être pas toi. Moi, si, en tout cas. Par moments, j'ai hâte d'avoir dix ou vingt ans de plus et d'être stable, tu vois, de suivre un chemin tracé, d'avoir des responsabilités, un mari ou un pacsé, je m'en fous, des enfants pour ne plus être dans cette incertitude permanente, dans la séduction, la volonté de plaire, d'être remarquée, ça m'épuise, je ne sais pas pourquoi je suis comme ça.

Je n'avais pas de réponse.

Elle s'était allongée sur mes genoux. Mes doigts roulaient et déroulaient ses cheveux. Je l'écoutais rouler et dérouler son histoire. Je me rendais compte à quel point j'en étais un personnage secondaire. Elle a relevé la tête pour mieux me regarder. Elle arborait un petit sourire contrit. Elle a répété qu'elle était désolée, vraiment, désolée, désolée, désolée. J'ai répondu avec le même petit sourire contrit qu'elle ne pouvait pas l'être autant que moi. Moi qui retournais dans mes ornières, dans cette espèce de clair-obscur où les filles n'avaient aucun désir pour moi, où j'étais une sorte d'ombre sur les photos de classe dont on oubliait à chaque fois le prénom. J'en avais marre de ce rôle-là.

J'ai voulu savoir ce qui s'était passé ensuite. Les rencontres fortuites dans l'appartement. Les vannes qu'on se lance qui résonnent dans les pièces vides. L'attraction – toujours présente. D'un seul coup, Pauline s'était remise à exister pour Maxime, d'abord en tant que "copine de mon ami" puis en tant que personne. Il y avait eu des atermoiements, des "Non, on ne peut pas lui faire ça", des presque crises de larmes, mais au fond, tout était joué d'avance. Ils s'étaient embrassés mi-décembre et tout s'était enchaîné très vite. Il restait chez elle, souvent. Ses parents pensaient même qu'elle avait changé de fiancé – ils s'en moquaient un peu, à seize ans, les amours vont et viennent, inutile de s'en mêler. C'est pour ça que Maxime rentrait tard à l'appartement. Ce n'était pas par jalousie, comme il avait voulu nous le faire croire. C'était par amour. De la fille avec laquelle j'étais. Par trahison, donc. Et sans doute aussi un peu par culpabilité. À partir du moment où j'avais été au courant, la relation s'était détériorée à vitesse grand V comme si, pour Maxime, Pauline elle-même était moins importante que le plaisir de la tromperie et du mensonge. Le goût de l'illicite. Il s'en voulait, elle s'en voulait, et ils s'en voulaient mutuellement. Au lycée, ils étaient passés du côté des bourreaux, ils avaient droit à des tonnes de réflexions désobligeantes, elle n'aurait jamais soupçonné à quel point j'étais populaire, en fait. Grâce à Maxime. Grâce à elle, lorsqu'elle sortait avec moi. Et grâce à eux deux, depuis la rupture.

— Tu pourrais te faire toutes les filles du lycée, Romain. Elles n'attendent que de te prendre dans leurs bras et de te consoler de la méchante Pauline et du cruel Maxime. Je t'assure.

— Ce n'est pas l'impression que j'ai eue.

— Est-ce que tu as seulement parlé à quelqu'un depuis la rentrée ? Tu évites tout le monde !

— Je vous évite surtout tous les deux.

— Tu n'auras plus à éviter que moi, et encore, si ça continue, je vais demander à changer de lycée. Maxime est reparti à Londres.

— Pardon ?

— Avant-hier. Il n'allait pas très bien depuis quelque temps, il tournait en rond, il était convaincu d'avoir tout gâché, son nouveau départ, son avenir ici, il a… il a été relativement violent, dans les mots qu'il a employés. Contre moi. Contre toi. Contre Rémi. Contre la France. Contre sa mère aussi. Il avait pris sa décision. Il allait vivre avec son père. Et on n'entendrait plus jamais parler de lui. Je croyais que sa mère allait s'opposer à son projet mais en fait, elle a trouvé que c'était sans doute la meilleure solution. À aucun moment, je n'ai pesé dans la balance. Je n'étais rien. Je n'avais pas d'importance.

Pauline s'est relevée, s'est excusée, et elle a couru vers la salle de bains. Je suis resté là, inutile, immobile, sur le canapé du salon. Je ne comprenais même pas ce que je ressentais, tant la rage, la douleur, la tristesse, la résignation, le soulagement et la rancœur se disputaient en moi. Est-ce que je devais profiter de la situation ? Essayer de joindre Maxime ? Biffer toute cette histoire d'un grand trait rouge ?

Pauline est ressortie de la salle de bains les yeux rouges. Elle s'est raclé la gorge, a dit qu'elle était contente de m'avoir parlé, puis a ajouté qu'elle allait rentrer maintenant, elle avait envie de se cacher dans un trou de souris. Je l'ai forcée à rester. À partager au moins le cake au chocolat que j'avais préparé. Petit à petit, nous avons réussi à parler d'autre chose, de cette fille qui avait giflé le prof de sport, de la crise de rage de Pelletier, le CPE, quand il avait découvert les pneus de sa voiture crevés sur le parking intérieur du lycée.

Small talk.

C'est comme ça que les Anglais appellent parler de la pluie et du beau temps, des incidents, des anecdotes, du mineur. De la petite conversation, c'est sans doute ce qui nous restait, à Pauline et à moi, maintenant que les grands sentiments nous avaient délaissés. C'est à partir de là que nous pourrions peut-être reconstruire une amitié. Cela prendrait du temps et nous demanderait beaucoup de courage. Je n'étais pas persuadé que nous en étions capables. Alors quand elle est partie, j'ai ressenti un grand pincement au cœur mais aussi un réel soulagement – voilà, c'était complètement terminé. Cela méritait bien un alcool fort. Un gin tonic, par exemple.

Quand Rémi est revenu, j'étais passablement éméché et il a eu la gentillesse de ne pas me demander comment ça s'était passé. J'avais la voix un peu pâteuse quand je l'ai remercié pour sa discrétion.

— Ah au fait, ai-je ajouté, Maxime est parti à Londres. Pour toujours.

— Je sais.

— Comment ça, tu sais ?

— Il m'a téléphoné hier.

— Hein ? À toi ? Pourquoi ?

— Pour dire une fois de plus qu'il était désolé. Et parce qu'il s'inquiétait pour toi.

— Charmante attention ! Tu lui as répondu quoi ?

— Que j'étais là.

J'ai relevé la tête et j'ai souri.

— C'était la meilleure des réponses possibles, Rémi.

FINALEMENT, IL N'Y A PAS EU D'ÉCLATEMENT. On rêve d'explosions, de meurtres ou de feux d'artifice, mais la vie quotidienne, ça reste avant tout se lever à 6 h 45, passer sous la douche, avaler un petit-déjeuner, vérifier les affaires dans son sac, partir pour le lycée, parler à des garçons, à des filles, tirer des plans sur la comète pour une prochaine soirée, pour quand on sera majeur, pour un avenir radieux. La vie quotidienne nous empêche d'imploser même quand elle nous pousse dans les limites. C'est lorsque le cadre disparaît que le danger guette.

Mon cadre, il est là : le lycée, l'appartement, Rémi, les connaissances que je me suis faites et qui deviennent parfois des amis, mes parents. Maxime a disparu du cadre, pas Chad. Finalement, tout le monde s'est calmé, lui comme nous, et nous vivons dans une atmosphère plus détendue. Il passe beaucoup de temps dans sa chambre à jouer de la guitare, il a même capitonné sa porte pour prouver ses bonnes intentions. Il fait sa part de tâches ménagères. Il est réglo. Pauline et moi, nous nous envoyons des SMS, nous nous saluons quand nous nous croisons, nous parlons un peu – de Maxime généralement. Nous sommes même sortis dans un bar tous les deux, et ça s'est bien passé.

Je me suis moqué d'elle parce que, à un moment donné, elle a lâché le cours de la conversation pour suivre des yeux un beau gosse ténébreux qui allait et venait entre les tables. Elle a rougi. Ça m'a touché. Je lui ai dit que ce n'était pas grave, tout ça, mine de rien. Que nous souffrions parce que nous voulions bien souffrir mais que, au fond de nous, nous savions bien que nous trouverions d'autres amours. Et puis nous pouvions même nous promettre que si, dans quelques années, nous étions blasés, nous nous mettrions en couple. Elle a ri. Elle m'a demandé comment je faisais pour être aussi cool. Je n'ai rien répondu. Je n'ai pas parlé d'Emma.

Emma a débarqué dans ma vie il y a trois mois. Pourtant, elle est dans ma classe depuis le début de l'année, et elle était en espagnol avec moi en seconde. Simplement, nous ne nous étions jamais vraiment adressé la parole. Et puis un vendredi, nous étions côte à côte devant le tableau d'affichage pour nous assurer que la prof de français était absente, comme l'avaient claironné nos camarades. Nous avions bien l'après-midi de libre. Elle s'est retournée vers moi et elle m'a dit très simplement que c'était l'occasion rêvée pour que nous parlions vraiment ensemble, elle et moi. Elle avait très envie de me connaître, elle me sentait malheureux depuis quelque temps et elle n'aimait pas ça, ça lui faisait un creux au niveau de l'estomac quand elle me voyait dans cet état-là. Elle n'arrivait pas à savoir si c'était du désir ou de l'apitoiement, alors autant profiter de cette plage de liberté pour en avoir le cœur net, si j'y consentais. J'étais tellement soufflé que je n'ai même pas pensé à refuser. D'ailleurs, je n'en avais pas envie.

D'un seul coup, ça a été le printemps, après une sorte de long tunnel brumeux. J'ai ri plusieurs fois cet après-midi-là, parce qu'Emma a un sens de l'humour très développé et un rire fort communicatif. Nous nous sommes promenés en ville, elle a voulu me faire visiter la cathédrale, elle s'est improvisée guide et est parvenue à me faire gober n'importe quoi – notamment que les habitants, au Moyen Âge, avaient l'habitude de jeter les lépreux depuis le clocher de la cathédrale et de compter à haute voix le nombre de secondes que mettaient les corps avant de s'écraser. Nous avons bu un chocolat dans un café. Nous n'avons presque pas évoqué le lycée, les cours, les profs, tout ce qui fonde la conversation quotidienne des élèves. Nous n'avons pas plus parlé de nous, de nos émotions, de nos espoirs. Nous devinions que cela viendrait ensuite, s'il y avait un ensuite. Elle n'a pas voulu monter à l'appartement parce que la colocation dont tout le monde lui rebattait les oreilles, c'était mon domaine et pas encore le sien. Et puis aussi parce qu'elle avait été un peu vexée de ne pas avoir été invitée à la soirée de novembre. Mais en fait, il valait mieux, n'est-ce pas, puisque ce soir-là, elle aurait dû assister à mon idylle avec Pauline, qu'elle ne portait pas particulièrement dans son cœur depuis que cette dernière s'était moquée de son pantalon de jogging, très "années 1980" apparemment.

Ce que j'ai découvert, ce printemps-ci, c'est à quel point tout peut changer du jour au lendemain. C'est à quel point moi aussi je suis changeant. Je me voyais bien traîner ma déprime et mon côté loser, toujours vêtu de noir et la mine cadavérique, pendant le restant de l'année scolaire, refusant même de bronzer cet été afin de garder cette aura de malheur que je dégageais. Et en un clin d'œil, en une rencontre, je me retrouve léger et presque aérien. Cela me surprend. Je pensais être moins inconstant. Plus solide. Il n'y a jamais de difficultés avec Emma, tout semble fluide. Elle trouve des solutions à tous les mini-problèmes que nous rencontrons. Et puis surtout, je crois que je lui fais confiance, et je m'aperçois que je n'ai jamais eu réellement confiance en Pauline. Ni en Maxime, d'ailleurs. Ce sont des lunaires, et je vais m'attacher aux solaires, désormais : à Emma, à Rémi. Chad, c'est autre chose – il vient d'une autre galaxie. Je ne peux pas l'intégrer à mon système.

Mes parents se sont remis ensemble, se sont à nouveau séparés, mais j'ai entendu dire que mon père dormait quand même à la maison de temps à autre et qu'il ne squattait pas le canapé. J'ai pris de la distance avec ça aussi. C'est leur histoire, c'est leur vie, et cette année, elle a divorcé de la mienne. Je mûris, ils rajeunissent, je me demande si nous allons nous rencontrer à mi-chemin.

Au lycée, j'ai continué sur ma lancée. Une fois que la machine est mise en route, je crois que c'est impossible de revenir en arrière. J'ai trusté les meilleures notes, les profs ont noté une intensification de la participation sur le bulletin du deuxième trimestre, j'ai même reçu les félicitations du conseil de classe, une nouveauté dans mon parcours scolaire. On a commencé à parler d'orientation post-bac, on a évoqué la fac, les classes prépas. Le prof d'anglais a écrit : "Romain semble s'épanouir en 1re L." S'il savait. S'ils savaient tous. Je me demande si les profs se rendent compte à quel point les années que nous traversons nous chahutent et à quel point, parfois, ils sont le cadet de nos préoccupations. Parce qu'avant tout, il faut exister, persévérer, et continuer de bouger.

Les vacances de Pâques sont passées à une vitesse ahurissante. Je suis allé trois jours à Paris avec Emma. Son frère y poursuit ses études et loue un tout petit studio dans le 18e qu'il nous a prêté pendant qu'il retournait chez ses parents. Les miens, de parents, n'ont rien objecté. Mon père m'a simplement donné, au détour d'une porte, cent euros et un paquet de préservatifs. J'ai trouvé ça déplacé mais touchant, et finalement très utile, surtout les cent euros. J'avais beau avoir économisé sur l'argent que j'avais reçu à Noël, Paris, c'est hors de prix. Les préservatifs aussi ont servi, mais je n'ai pas envie de raconter ça – peut-être plus tard, quand j'aurai quarante ou cinquante ans et que je reviendrai sur mes jeunes années. Pour l'instant, c'est trop frais, trop maladroit, trop émouvant et surtout trop génial. Emma est restée à Paris un peu plus longtemps parce qu'il y avait une réunion familiale chez une tante habitant en banlieue et j'ai repris le train pour ma ville dans un état indescriptible – entre l'envie d'être avec elle, celle d'être seul pour faire le point, la mélancolie des jours qui venaient de s'écouler et l'impatience de vivre la suite, l'excitation due aux images dans ma mémoire et l'abattement causé par la fatigue. J'étais à deux doigts de pleurer tellement la vie était pleine, épuisante, fantastique, ahurissante et déprimante tout à la fois. Je me suis demandé si toute mon existence, je ressentirais ces émotions-là. J'ai pensé à mes parents. L'année qu'ils venaient de traverser était aussi dingue que la mienne – les montagnes russes des sentiments, ils les expérimentaient eux aussi. Tant mieux. C'est comme si de la vie coulait à nouveau dans notre famille.

Vers la fin du mois, il y a eu plusieurs appels téléphoniques masqués. On pensait que c'étaient des démarcheurs, mais chaque fois que l'un d'entre nous décrochait, il y avait un long silence au bout du fil et puis la tonalité occupée, finalement.

Un soir, j'ai simplement prononcé "Maxime ?" pour voir, et j'ai entendu un petit rire désaccordé. J'ai répété le prénom plus fort.

— Pas la peine de hurler, Romain.

— Comment tu vas ?

— Bien, bien. Enfin aussi bien que possible. Je... ça me fait vraiment bizarre d'entendre ta voix... j'ai l'impression que nous ne nous sommes pas vus depuis une éternité.

— Un trimestre, c'est tout.

— Tu... Je voulais juste savoir comment tu allais... comment vous alliez, Némo et toi.

J'ai mis deux secondes avant de comprendre. Plus personne n'appelait Rémi Némo.

— Écoute, ça va. La vie suit son cours, comme on dit.

— Tu m'en veux ?

— Honnêtement, je n'en sais rien. Au début oui, évidemment. Beaucoup. Mais les choses changent. Les sentiments aussi.

— T'as toujours été très fort pour les platitudes, toi !

— Et toi pour les sarcasmes.

— Je crois que tu me manques.

— Oh putain, celle-là, je ne l'attendais pas, par contre !

— Tu vois, tout arrive !

— Tu es où, là ?

— Ça n'a pas d'importance.

— Pour moi, si.

— Dans un aéroport. Je quitte Londres.

— Tu reviens en France ?

— Non. Je ne vais pas passer mon temps à faire des allers et retours et à gâcher les situations d'un côté et de l'autre de la Manche. J'ai… enfin, mon père a un copain à San Francisco. Il va m'héberger. Et puis il m'a trouvé un job d'étudiant, et un lycée. Je ne sais pas trop dans quoi je m'embarque, mais j'ai l'habitude de ça.

— Tu ne peux pas fuir tout le temps, Maxime.

— Tu ne peux pas faire du surplace toute ta vie, Romain. Je… Je voulais te dire… Est-ce que tu es allé dans le cagibi ?

— Pardon ?

— Le cagibi. À côté de ma chambre.

— Qu'est-ce que tu me racontes ?

— Là où sont entreposées les affaires de ta grand-mère.

— Je sais ce qu'il y a dans le cagibi.

— La valise noire en bas à droite. Il y a... Tu verras... Il y a tout un paquet de photos. Il y en a même une de ma mère et de la tienne, au lycée. Avec toute leur classe.

— Maxime, tu es sûr que tu vas bien ?

— Non. Mais je veux vraiment que tu ailles y jeter un coup d'œil. Que tu fouilles jusqu'au fond. Je... je te rappellerai ou je t'enverrai un mail, ou on se captera sur Skype, on n'est plus aussi loin les uns des autres, maintenant, on peut rester en contact. Je voulais juste te dire que je suis vraiment désolé. Pour tout. Et que je vais réparer. Voilà. Je vais réparer. C'est pour ça que je pars. Pour réparer. Pour me réparer, d'abord. Et puis pour réparer tout ce que j'ai pu faire.

— Je ne comprends rien, Maxime. Je...

La tonalité. Il avait raccroché. Je me suis aperçu que je tremblais. Je l'imaginais, en proie à une fièvre malsaine, à l'aéroport de Londres. Qu'est-ce que c'était que ce chantier ?

Je suis directement allé dans le cagibi, bien sûr.

S'y entassaient des objets dont ma mère n'avait pas voulu se séparer, des cartons que nous avions triés à la hâte parce qu'elle ne voulait pas en examiner le contenu mais qu'elle ne parvenait pas non plus à tout envoyer à la benne. Un jour, nous mettrions de l'ordre. Je voyais encore mon père, soupirant, devant l'amoncellement, et murmurant que, de toute façon, un jour ou l'autre, il faudrait quand même jeter tout ce barda.

La valise était là, noire, de taille moyenne, usée. D'abord, je n'ai vu que des photos, effectivement. Des centaines de clichés en vrac. Des promenades dans la forêt. Des pique-niques en noir et blanc. Des visages de personnes que je n'avais jamais rencontrées. De la mémoire entassée dans des boîtes. Je me rappelais avoir pensé en rangeant les cartons qu'il y avait étonnamment peu de photographies et de lettres. Elles étaient là, donc. Dans cette valise dont je n'avais aucun souvenir. Quand était-elle arrivée dans cette pièce ? Je me suis demandé quand et pourquoi Maxime avait pu se retrouver dans ce cagibi. J'en étais à me dire qu'il avait déliré quand j'ai aperçu mon nom au feutre rouge, sur une enveloppe. J'ai déplié la feuille de papier qui était à l'intérieur. J'ai reconnu l'écriture serrée de Maxime. J'ai dû la lire trois fois avant de comprendre de quoi il retournait. Il l'avait rédigée à la va-vite, juste avant de partir. En lisant ses mots, j'ai entendu sa voix. Dans le cagibi, Maxime me parlait. C'était un murmure continu.

"Comment on commence une lettre ? Je ne sais pas, ça fait tellement longtemps que je n'en ai pas écrit. Je ne me rappelle même plus si je l'ai déjà fait. Des SMS, des mails, oui, même des cartes postales, mais une lettre, non. Au moins quand je serai devenu riche et célèbre et que je serai mort à vingt-sept ans d'une overdose comme tous les autres, tu pourras te vanter d'avoir reçu la seule et unique lettre de Maxime. Non, si je parle de moi à la troisième personne, ça ne va pas le faire. C'est une lettre d'excuses. Je t'ai fait du mal, je t'en fais encore, je ne comprends pas pourquoi, je crois que je détruis tout ce qui me tient à cœur, tout ce qui m'importe, c'est moi, c'est comme ça, j'imagine que je devrais retourner chez le psy, mais je n'ai pas le temps, là, il faut que je parte. C'est toujours comme ça. Je multiplie les conneries, jusqu'à ce que je n'aie plus d'autre recours que de me barrer – c'est déjà pour ça que je suis parti de Londres, et c'est pour les mêmes sacs de nœuds que j'y retourne. Quel bordel ! J'aimerais tellement être toi. Avoir des parents chiants mais stables, par exemple. Vraiment, j'espère de tout cœur que ma mère ne va pas foutre le chantier dans le couple de tes vieux, elle est douée pour ce genre de plans, tu sais, je tiens ça d'elle, il y a un côté briseur de couples dans ma famille. Elle n'aime pas quand je lui en parle, elle, elle évoque « la sorcière rousse », c'est dans une nouvelle de Fitzgerald, il paraît, ça tombe bien, toi qui m'appelais Gatsby, ah non, c'est pas toi, c'est Rémi. La sorcière rousse, elle vient briser les vies trop bien rangées, mais moi, je n'y crois pas, je n'ai envie que de ça, de rangements, de cases, de cadres, sauf que je n'arrive pas à supporter quand tout devient trop net, quand les habitudes s'installent, et là, je les sentais s'installer, entre nous trois, la colocation, les repas concoctés par Tonton Rémi, ça ronronnait. Non, je suis injuste, en plus, ça me manque déjà au moment où je t'écris, et puis ce n'est pas une excuse, en tout cas, ça n'excuse pas les dégâts que j'ai causés en sortant avec Pauline, et puis il n'y a aucun rapport avec ce que je vais te dire, mais tu vois, je tourne en rond, et je recule, c'est pas bien, j'arrête. Tu trouveras au fond de la valise un double fond. Parfaitement.

Comme dans les romans policiers ou dans les vieilles séries télé. Elle était dans ma chambre, cette valise, avec tout ce qu'elle contient. Elle était bien cachée dans un recoin du placard, vous ne l'avez pas aperçue le jour où vous avez rangé. Je voulais la remettre avec les autres affaires de ta grand-mère, mais elle s'est à moitié ouverte quand je l'ai prise, et des photos s'en sont échappées. Alors je ne comprends pas pourquoi, mais j'ai eu envie de la garder un peu, histoire de voir s'il y en avait de toi ou de tes parents, une façon de découvrir ta vie, d'espionner ton passé. J'espérais surtout trouver des trucs compromettants j'imagine, des clichés pornos ou des lettres d'aveux, mais je te rassure, il n'y a rien de tout ça, même si on se rend compte que ta grand-mère n'a pas dû être bien sage dans sa jeunesse – putain, le voyage en avion à New York, à l'époque, ça m'a scié. Bref, j'ai passé quelques nuits à inspecter des photos qui n'avaient rien à voir avec moi et ça me plaisait, ça me faisait décoller, c'était comme d'inventer une vie où, enfin, je ne serais pas là, je crois que je devrais devenir romancier, en fait. Tout le monde dit que c'est toi, le narrateur, le Nick de *Gatsby*, mais je crois que c'est à moi que l'écriture ferait le plus grand bien. Enfin bref, voilà, à un moment, vers octobre, j'ai fait le tour de ta vie de famille, j'ai vidé la valise et c'est là que j'ai remarqué la petite encoche en bas à gauche, tu verras, c'était très discret, ça l'est un peu moins maintenant parce que je suis passé par là, j'ai souri, je me suis dit, ah si ça se trouve, la mémé de Romain planquait des trucs illégaux là-dessous, je vais avoir des révélations, elle était gangster, lesbienne, droguée, la totale. Et là, il y avait de l'argent. Beaucoup d'argent. Je ne comprends pas pourquoi il était là, si c'était la planque de ta mamie ou si c'était destiné à quelqu'un à qui elle n'avait pas eu le temps de le donner, si elle économisait petit à petit ou si elle avait fait un gros retrait d'un coup, mais ça, ça devrait se voir sur les comptes, non ? En tout cas, ce n'est pas trop vieux, parce que c'est des euros, des vrais, trente mille, voilà, il y avait trente mille euros, et là, je sens que la tête te tourne, comme elle m'a tourné à moi, parce que trente mille euros, merde, quand même, où elle est allée trouver cet argent, ta mère-grand, elle a braqué une banque ou alors elle se prostituait, non ? J'enlève ça, pardon, c'est ta mémère quand même. Bref, il n'en reste que dix mille, voilà, j'en ai piqué les deux tiers, je me demande pourquoi je n'ai pas tout pris, des remords, c'est idiot, tu n'en aurais rien su de toute façon. J'ai attendu pendant des semaines, j'ai prospecté dans l'appartement, j'ai posé des questions mine de rien, sur ta grand-mère, pour savoir la vie qu'elle avait eue. Tu te souviens peut-être des remarques que j'ai faites sur le côté « J'ai un très grand appartement au centre-ville », comme quoi, que tu le veuilles ou pas, toi aussi, tu es né du bon côté de la barrière. Mais je m'égare là, j'essaie de rejeter la faute sur toi, c'est une constante chez moi, faut pas m'en vouloir, ou plutôt si, faut m'en vouloir, mais vraiment m'en vouloir, parce que j'ai piqué l'héritage, et tu vois, là, ce soir, je t'écris cette lettre, je suis en instance de départ, je ne laisse pas d'adresse. De toute façon, il y a tellement peu de chances que tu tombes sur ces mots, à moins que je ne t'aiguille dessus, un jour, parce que les remords vont grandir, je m'en doute, c'est toujours comme ça, je fais des conneries et après je regrette, mais c'est trop tard. Alors un soir, j'imagine, je vais te téléphoner ou je reviendrai, et je ferai la carpette, j'avouerai tout ; je suis lamentable, je n'arrive même pas à être mauvais jusqu'au bout, en tout cas pas avec toi, Romain, parce que, même si tu t'en fous totalement, même si tu me détestes, et tu as doublement de quoi (Pauline + le fric), tu es ce qui a ressemblé le plus à un ami pour moi jusqu'à présent. Une âme frère, ça existe ? Une âme frère, en tout cas, c'était toi, et j'ai pris peur, comme d'hab quand je commence à croire que je m'attache, garçon, fille, ami, amie, amour, peu importe, ça me fait flipper et je m'arrange pour tout gâcher. Cet argent, je l'ai gâché comme le reste, je me suis acheté des trucs inutiles, tous les machins électroniques qui te faisaient baver, c'est toi indirectement qui me les as offerts, tout le matériel pour la fête, tous les plats du traiteur à la fête, voilà, pas de quoi me remercier, c'est toi qui t'es payé la plus belle soirée du monde. Merde, pourquoi je te dis ça, pourquoi hein, maintenant, mon âme frère, elle va encore plus se retourner contre moi, m'éradiquer, me faire disparaître, c'est mon chemin, c'est ma vie, parfois tu sais, je n'en peux plus d'être moi, j'aimerais tellement être toi, j'aimerais tellement n'être plus du tout. Bon, mais je sur-dramatise pour t'émouvoir peut-être, et puis ça n'a pas d'importance, je suis si lâche qu'en fait, je ne révélerai jamais rien et je vais déchirer cette lettre, la brûler, tu ne sauras jamais rien, tu ne sauras pas que je suis parti à Londres avec du fric plein les poches, plein mon compte en banque, plein les coutures de mon manteau, voilà. Je t'embrasse, vieux frère, tu me manques déjà, mais comme je ne te manque pas, et encore moins maintenant, tu vas poser un mouchoir dessus et m'oublier, c'est bien de m'oublier, c'est juste ce que je veux, enfin, peut-être. Maxime."

J'étais là, assis dans le cagibi et les larmes me sont montées aux yeux. C'était ridicule. Je ne savais même pas pourquoi j'étais ému. Par ses quelques pages à l'écriture serrée. Par ses confessions et ses piques. Par sa façon de donner et de retirer, sans cesse. Par l'honnêteté, mine de rien, qui ressortait de ce fatras de mots. L'argent. Je ne pensais même pas à l'argent. Ce n'était pas normal. Tout ce à quoi j'étais capable de penser, c'était au fait que j'avais perdu un ami avant même d'être sûr d'en avoir un.

J'ai repéré l'encoche dans le carton, sous les photos. Elle était un peu déchirée. J'ai imaginé les doigts de Maxime, quelques semaines auparavant. J'ai soulevé le rebord. Le double fond était plus profond que je ne pensais – et très astucieusement agencé. Une réalisation de professionnel. Les billets étaient là, des dizaines de billets de cinquante euros, rangés de façon impeccable. Il était manifeste que les piles avaient fondu. J'aurais dû être en rage contre Maxime. Je n'y parvenais pas. J'étais juste sonné.

Rémi aussi, quand il est revenu quelques heures plus tard et que je lui ai tout raconté, sans lui montrer la lettre, néanmoins ; la lettre, elle était pour moi, à moi, et puis Maxime y mentionnait à peine Rémi, j'avais donc peur qu'il se vexe. On se trouve les justifications qu'on peut.

Rémi a soupiré – ce qu'il ne faisait presque jamais. Il a commencé une phrase et l'a interrompue – ce qui ne lui arrivait presque jamais non plus. Son regard passait du carton à mon visage, de mon visage à la pièce, de la pièce à la fenêtre, puis revenait vers le carton, dans un mouvement circulaire qu'il semblait incapable d'arrêter. Au bout d'un moment, il a retrouvé l'usage de la parole mais ne parvenait qu'à prononcer : "C'est dingue, c'est dingue, c'est dingue." Parfois, cela devenait : "C'est un truc de ouf." De mon côté, je n'étais guère plus brillant en vocabulaire. Le seul mot qui me venait à l'esprit, c'était : "Putain." Et j'espérais que ce n'était pas le métier qu'avait exercé ma grand-mère. Parce qu'il y avait ça, en plus : ce n'était pas seulement l'histoire d'un vol et d'une trahison – c'était aussi une découverte. Comment et pourquoi ma grand-mère avait-elle en liquide trente mille euros dans une valise ? Des euros, pas des francs.

— Qu'est-ce qu'on va faire de l'argent ?

La valise était là, devant nous. Je pouvais voir les instantanés de ma vie qui surnageaient. Une photo de mes parents et moi sur la plage. C'était la première fois depuis très longtemps que j'avais sous les yeux ma mère jeune. Trente ans. Souriante. J'en étais secoué.

— Aucune idée

— Normalement, il faudrait le rendre à ta mère. C'est l'héritière directe.

— Et lui avouer que Maxime a piqué vingt mille euros ?

— On n'est pas obligés d'aller jusque-là. Il a promis de te rembourser, non ?

— De réparer. Je ne sais pas exactement ce qu'il veut dire par là.

— Tu te sens comment ?

— Comme si on m'avait roué de coups.

— J'imagine. Sinon, on peut aussi les garder.

— Pardon ?

— Personne n'est au courant sauf nous trois. Personne n'attend de l'argent. Personne ne se sent floué. Inutile d'amener de l'amertume là où il n'y en avait pas.

— Et on le laisse dans la valise, comme ça ? Tu ne vas pas être tenté de subtiliser quelques billets ?

— Pas avant de te l'avoir demandé.

— T'es un saint, Rémi.

— Il n'y a pas de saint pédé.

Je me suis senti rougir d'un coup, comme à chaque fois que Rémi évoquait sa sexualité en termes crus. J'en étais encore à l'idée que les homosexuels avaient le droit de vivre et d'être intégrés à la société, soit, mais qu'ils feraient mieux de ne pas parler de leur orientation à cœur ouvert. Je m'en voulais de réagir comme ça – après tout, les hétéros n'arrêtaient pas de frimer avec leurs conquêtes et d'organiser des concours pitoyables de celui qui a la plus grosse.

— Inutile de dire qu'on ne peut pas le mettre sur un compte en banque. "Bonjour, je suis mineur, je viens déposer dix mille euros en liquide." Le mec au guichet va appeler les flics direct.

— On va mentir à nos parents, alors ?

— Ne me dis pas que c'est la première fois. Et eux, tu crois qu'ils font quoi ? J'ai découvert l'année dernière que mon père squattait parfois mon ordi pour reluquer des films pornos.

— Non !

— Et il est tellement à la ramasse avec les nouvelles technologies qu'il laisse ses empreintes virtuelles partout.

— À moins que ça ne soit ta mère.

— Va savoir !

Il y a eu un moment de silence. Nous étions tous les deux plongés dans les mensonges égrenés par les adultes autour de nous. Je me demandais ce qui se tramait exactement entre ma mère, celle de Maxime, et mon père. C'est Rémi qui a repris la parole en premier.

— On pourrait organiser une nouvelle fête.

— Tu crois ?

— Ce serait une façon de dépenser un peu d'argent. De se familiariser avec la somme. Et de tirer un trait sur la première et ses conséquences.

— Elle n'arrivera pas à la cheville de celle de novembre.

— Ce que j'aime bien chez toi, c'est ton optimisme.

— Désolé.

— Le seul truc, c'est que ça ne sera pas ton anniversaire. Il nous faut un autre prétexte.

— Le tien ?

— Par exemple.

— C'est quand ?

— Demain.

Je me suis senti devenir écarlate. À tel point que Rémi a éclaté de rire.

— Est-ce à dire que tu ne m'as pas acheté de cadeau ?

— Je vais le faire. Première chose demain !

— Te fatigue pas. J'ai l'habitude. Les anniversaires oubliés, c'est l'histoire de ma vie.

— Rémi ?

— Oui.

— Tu es la plus belle chose qui me soit arrivée cette année.

— Tu as décidé de m'offrir une déclaration ? Je suis déjà pris.

— Sérieux. Je ne sais pas ce que je ferais sans toi.

— Tu te nourrirais au McDo et tu aurais des pustules partout. Sinon, moi aussi, je t'aime. Pas de méprise. Je ne suis pas amoureux de toi. T'es pas mon genre !

— Comment ça ?

— J'aime pas les sacs d'os.

C'est comme ça que nous avons lancé la deuxième soirée.

Sans Gatsby, mais avec l'argent de mère-grand. Et avec l'expérience de la première.

ÉVIDEMMENT, ELLE A EU LIEU. Évidemment, elle a été sensationnelle. Phénoménale. D'autant que nous avions appris de nos erreurs ; la police n'est pas intervenue, cette fois. Nous avons écarté ceux qui avaient été hargneux, ceux qui semblaient s'en contrefoutre et ceux dont nous ne voulions plus entendre parler et les avons remplacés par tous ces gens que nous avions croisés au cours de l'année et que nous avions envie de mieux connaître. Nous avons également laissé Chad s'entourer un peu – et ceux et celles qu'il avait envie d'inviter se sont révélés vraiment sympathiques.

Nous sommes devenus une bande, ce que nous n'étions pas parvenus à être après la fête de novembre parce que le trio prenait trop d'importance et excluait les autres. Et au centre de cette bande, il y a cet improbable couple que nous formons, Rémi et moi – avec Chad, un peu en décalage, toujours coupé ou de dos sur les photos. Il y a aussi Emma, la chaleur qu'elle dégage, son rire communicatif, les sentiments qui nous lient de plus en plus profondément ; Sébastien, bien sûr, cool, se sentant bien dans toutes les situations, souriant, détendu. Les autres nous entourent. Nous ne sortons jamais à moins d'une quinzaine, presque autant de filles que de garçons. Je ne sais pas combien de temps ça peut durer, une telle osmose, il y aura fatalement des tiraillements, des grincements, des tempêtes, des ratés, des coupures, des ruptures, mais pour l'instant, j'en profite à fond. Je me suis précipité au lycée tous les matins, parce que j'avais envie de les voir. Je suis resté longtemps à la terrasse des cafés parce que je savais que, dès que j'aurais tourné les talons, ils me manqueraient. Je réalisais mon rêve. Voilà. Je l'ai dit. J'espère le faire perdurer, mais je suis lucide : l'année prochaine est la dernière du lycée, ensuite, il y aura l'éparpillement géographique, les différentes destinées que l'on choisit ou que l'on découvre, et puis l'oubli. Parfois, j'ai comme une nostalgie du présent. Je tente de vivre le moment à fond, mais une partie de mon cerveau enregistre les images, les cadre, en retouche les couleurs et j'entends le déclic de l'appareil intérieur. Je collectionne les moments dont j'aurai besoin plus tard pour me souvenir que, parfois, les existences prennent des chemins insoupçonnés, et que les rêves peuvent être touchés. Que, parfois, les grand-mères meurent discrètement en laissant derrière elles ce dont vous aviez besoin – un appartement en guise de liberté nouvelle avec, en prime, une somme d'argent dont personne ne soupçonne l'existence.

Au milieu de toute cette agitation, j'ai passé les épreuves anticipées comme dans un rêve. Je n'ai pas encore les résultats, mais je pense avoir réussi l'oral de français et les épreuves scientifiques. Il faut dire que Rémi m'a été d'une grande aide, en m'obligeant à tout réviser de fond en comble.

J'ai entamé le double fond.

Mes parents ont décidé cette année de ne pas partir en vacances – ils ont envie, disent-ils, de "se retrouver" et pour cela, ils n'ont pas eu de meilleure idée que de retaper l'ensemble du rez-de-chaussée, travaux que mon père promet à ma mère depuis des lustres sans que jamais rien ne change. J'ai appris que la mère de Maxime était partie aux États-Unis voir son fils. Ma mère a mentionné ce voyage sans laisser paraître une trace d'émotion. Je suis content que, finalement, mes parents restent ensemble. Qu'ils n'aient pas cédé au sortilège de la sorcière rousse. Cela dit, il n'a pas été question de rupture entre ma mère et celle de Maxime, il s'agit simplement d'une parenthèse, de vacances – voilà, nous sommes tous en vacance (au singulier). Libres. Oisifs. Enfin, moi, surtout, puisque mes parents courent dans toute l'agglomération pour trouver des tentures taupe et des pots de peinture pour repeindre tout en gris perle, comme dans les émissions de décoration à la télévision.

J'ai émis l'idée d'aller rendre visite à certains de mes amis, cet été. Par le train. Après tout, j'ai seize ans et demi, j'ai vécu (presque) seul pendant un an, ils peuvent me faire confiance. Ma mère a regardé mon père qui a levé le menton. Ils n'ont rien répondu mais je pense qu'ils vont céder, quand je reviendrai à la charge. J'ai prévu un itinéraire qui devrait me mener de Rémi à Sébastien (ce qui fait flipper Rémi comme jamais, non qu'il ait peur que je lui pique son mec, mais parce qu'il se demande ce que Sébastien va bien me confier sur lui), de Loïc à Hugo (il faudra que je reparle d'eux) en passant plusieurs fois par la case Emma. Je vais traverser la France d'Est en Ouest et du Nord au Sud. Mes parents se sont un peu étonnés et ont souri devant mes plans sur la comète – ils pensaient que je n'aurais pas assez d'argent pour tous ces déplacements puisque j'avais refusé l'offre qui m'avait été faite de travailler pour le centre aéré, en juillet. J'ai répondu que j'avais fait tous les calculs et que, avec les réductions ferroviaires, je devrais tenir le coup, à condition qu'une fois arrivé, on m'héberge, me blanchisse et me nourrisse. Mes parents ont eu honte et, du coup, m'ont promis une petite rallonge financière. Je crois que je devrais travailler dans le commercial par la suite parce que, finalement, j'arrive assez bien à embobiner tout le monde.

Je l'ai entamé, le double fond, mais pas trop.

Parce qu'on s'est fait une promesse, Rémi et moi : l'année prochaine, après le bac, on prend l'avion tous les deux et on se paie deux semaines aux États-Unis. On trouvera bien un moyen de justifier l'argent – un billet de loto gagnant ou un envoi mystérieux de San Francisco. Même si on n'a aucune nouvelle, et surtout si c'est le cas d'ailleurs, on décollera pour l'Ouest, on partira à la recherche de Maxime. Il ne devrait pas être difficile à trouver puisqu'on a l'adresse de l'ami de son père, à moins que d'ici là, il n'ait encore changé trois fois de résidence. Mais n'importe où, on le poursuivra. On sera des chasseurs de prime, sauf que le magot à récupérer nous importe peu. Ce qu'on veut, nous, c'est lui. Lui et sa façon d'exploser les *x* et les *y* quand

Rémi le faisait réviser. Lui et sa grâce désinvolte les premières fois où il traînait dans l'appartement torse nu. Lui et son œil à moitié fermé quand il avait trop bu. Lui et son rire silencieux. Il nous manque. Alors, pour combler le manque, c'est très simple, nous allons enquiller des kilomètres. Et en attendant, nous allons profiter de ceux qui sont là, eux. Je n'ai jamais eu d'autres nouvelles de Maxime. Ni e-mails, ni lettres, ni SMS, ni téléphone. Je doute même parfois de la réalité du coup de fil que j'ai reçu, un soir d'avril. Heureusement que je n'ai pas déchiré la lettre – je la relis, parfois. Elle devrait m'agacer et me faire enrager ; en fait, elle me donne de la force et de la confiance en moi. C'est bien la dernière chose à laquelle je m'attendais, venant de Maxime.

J'ai passé du temps dans le cagibi, aussi.

J'ai déballé tous les cartons. C'était comme un immense puzzle décourageant – la vie de ma grand-mère en kit, gisant sur la moquette. J'espérais trouver un journal intime, un guide explicatif de son existence, mais personne ne laisse derrière lui un mode d'emploi permettant de le comprendre. À part les romanciers, peut-être. J'ai étudié les comptes en banque – les rentrées régulières, ses menues dépenses, le coiffeur tous les quinze jours, un restaurant de temps à autre, les courses au supermarché du coin, aucun retrait massif, aucune folie, aucun déplacement à part ceux avec le club des vieux (dont le dernier, d'où elle n'est jamais revenue, mais dont il reste une ligne de numéros, un achat dans un magasin de souvenirs à Amsterdam, d'ici qu'elle se soit procurée de la résine de cannabis…). J'ai découvert par la même occasion que ma grand-mère avait une retraite confortable. Son emploi de styliste pour une des plus grandes marques nationales payait bien. Elle dessinait les modèles des saisons à venir. Restent des esquisses étonnantes de modernité, des dessins précis, annotés, et des catalogues jaunis où les vêtements imaginés par ma grand-mère (seule ? avec une équipe ?) s'étalent et changent avec les modes, années 1960, 1970, 1980. Je n'ai trouvé que peu de photos de mon grand-père et très peu de lettres : soit il n'en écrivait jamais, soit elle a tout brûlé. En revanche, il y a d'autres portraits, des clichés près de la Méditerranée, en Espagne, et même à New York, avec un Pierre, un Jean, un Paul – de jeunes ou moins jeunes gens élégants arborant fièrement des moustaches, un bouc, des coupes romantiques ou sévères. Étaient-ce eux qui lui fournissaient de l'argent ? En échange de quoi ? A-t-elle hérité de l'un d'eux ? A-t-elle fait chanter un de ces fringants gentlemen, quelqu'un qui aurait offert une somme d'argent conséquente pour faire taire celle qui aurait pu couler la réputation du mari et du père idéal ? Mais la liasse d'argent est en euros, elle est donc relativement récente. Je sens que cette histoire va se glisser dans la mienne. Qu'en filigrane, elle bercera l'année à venir, et peut-être les suivantes. Qu'elle va assaillir mon imagination. Qu'elle sera peut-être le premier roman que j'écrirai, plus tard.

Non, pas le premier. Et pas plus tard.

Je leur ai promis. Alors, je tiens ma promesse. Et ma promesse, elle me fait vivre, elle me remplit, elle transforme le temps qu'il me reste avant de les retrouver tous, aux quatre coins de la France, pour mes vacances itinérantes. Elle me permet de les redessiner, de les accompagner et de les diriger parfois, de mettre en place et en pièces ce qui s'est déroulé cette année, ce qui a fait de moi ce que je suis aujourd'hui – cet être à la fois semblable et très différent de celui que j'étais l'année dernière, en ce même début juillet. Il y a un an, j'étais un rêveur. Aujourd'hui, je suis réalisateur. Et scénariste aussi.

ALORS, VOILÀ. Je suis chez mes parents parce que finalement, l'été, je m'y sens mieux que dans l'appartement dépeuplé. Je regarde par la fenêtre de ma chambre. Je vois le pavillon des voisins et au-delà, des kilomètres de champs. Tout au fond, la forêt, celle qui borde le lac. Je contemple. Et maintenant que j'ai fini de remettre en ordre et d'écrire, j'attends.

J'attends les déplacements, d'abord. Demain, je prends la route – enfin, les rails, plutôt. Je sillonnerai le pays. Approfondir les liens, en créer de nouveaux, je vais devenir un véritable réseau.

J'attends septembre aussi. Le retour de l'inénarrable Chad qui n'aura sans doute appris qu'un seul morceau pendant tout l'été et qui tiendra à nous le faire écouter. Celui d'Hugo, avec lequel je me découvre de plus en plus de points communs, si bien que je rêve parfois qu'il vienne rejoindre la colocation. Celui de Rémi et de Sébastien, qui voudront savoir à tout prix ce que l'un a dit de l'autre pendant les moments que j'aurai partagés avec chacun d'entre eux, cet été. Celui d'Emma, enfin, qui sera le prolongement de ce mois d'août où nous allons nous voir en pointillés. Nous reprendrons la conversation où nous l'avons laissée. Pas après pas, nous construirons notre domaine. Nous tenterons aussi de nous confronter à ce qui est resté en suspens. La provenance de l'argent de ma grand-mère. L'immonde recette de poulet au coca inventée par Chad. La relation de ma mère avec Hélène. La place de Maxime. Nous avons toute une année scolaire pour ça. Nous ne serons pas seuls. Nous serons épaulés. C'est important comme partie du corps, l'épaule, non ? C'est sur celle de l'autre qu'on se repose, qu'on pleure, qu'on s'appuie ou qu'on s'endort. Dès demain, c'est ce que je vais m'atteler à devenir. Une épaule. Forte, solide et douce à la fois.

Sacré défi.

L'AUTEUR

Jean-Philippe Blondel enseigne l'anglais dans un lycée près de Troyes depuis une vingtaine d'années. Il mène en parallèle une carrière d'écrivain, en littérature générale (dont *6h41* et *Un hiver à Paris* aux éditions Buchet-Chastel) comme en jeunesse chez Actes Sud Junior : *Au rebond*, *Un endroit pour vivre*, *(Re)Play !*, *Blog* (prix NRP littérature jeunesse en 2010), *Brise glace* et *Double jeu*. Également paru aux Éditions Thierry Magnier : *Qui vive ?*

DANS LA COLLECTION "ROMANS ADO"

OUBLIER CAMILLE
Gaël Aymon

Yanis est sincèrement amoureux de Camille. Ils se sont rencontrés trois ans plus tôt. Pourtant, "être un mec" et "assurer" avec les filles, c'est plus facile à dire qu'à faire. Devenir un homme oui, mais quel homme ? Et est-ce que tous les hommes sont censés savoir instinctivement quoi faire ?

UN HIVER EN ENFER
Jo Witek

Un fils qui se réfugie dans les jeux vidéo pour échapper à l'enfer familial ; une mère qui n'a jamais su aimer son fils. Leur face-à-face débute brutalement le jour où le père disparaît. C'est un huis clos qui s'engage, en plein cœur de l'hiver, entre ces deux êtres si différents. Le drame se noue mais lequel des deux dit la vérité ? Un seul, forcément...

20 PIEDS SOUS TERRE
Charlotte Erlih

Un appel de la police au milieu de la nuit et c'est la vie de Manon qui bascule : son frère Théo a été retrouvé mort électrocuté sur les rails du métro parisien. Seule contre tous, Manon refuse la thèse officielle de l'accident et se lance dans une enquête aussi clandestine que dangereuse. Qui était vraiment Théo ? Pourquoi lui cachait-il sa passion pour le graff ?

CE QUI NE NOUS TUE PAS

Antoine Dole

Lola est en colère. Contre ses parents qui se disputent sans cesse, contre les profs, contre ses amis, contre tous. Alors Lola fait la dure, cogne, et finalement met les voiles. Dans sa fuite, elle trouve refuge par hasard auprès de Simone. Chez la vieille dame qui a pour seule compagnie les fantômes de ses souvenirs, le temps s'est arrêté. Ces deux solitudes vont peu à peu s'apprivoiser et découvrir cette douceur qui ne nous tue pas mais nous rend plus fort.

STYLE ENFER

Anthony Pastor

Dans un village isolé, à l'entrée d'un bois, une jeune fille a été agressée. En l'absence de témoin, les habitants et les gendarmes soupçonnent son petit ami, Kevin. Pourtant, Kimberley, la sœur de Kevin, est convaincue de l'innocence de son aîné. Bout de fille au caractère de feu et au style explosif, elle va tout faire pour mettre la main sur le vrai coupable.

MA RÉPUTATION

Gaël Aymon

Pour Laura, avoir des copines, des conversations de filles, est au-dessus de ses forces. Au lycée, elle préfère traîner avec ses potes garçons, quitte à laisser les autres imaginer des choses. Mais lorsqu'elle repousse les avances de Sofiane, le reste du groupe se retourne brutalement contre elle. À mesure que de sales rumeurs se propagent à son sujet, l'isolement de Laura grandit, l'étouffe.

DOUBLE JEU

Jean-Philippe Blondel

Quentin, nouveau dans son lycée, est enrôlé dans un cours de théâtre pour jouer la pièce de Tennessee Williams *La Ménagerie de verre*. Comme le personnage qu'il interprète, le garçon est tiraillé entre l'envie de tout plaquer pour voir le monde et celle de se battre. D'affronter. Les parents. Les profs. Les élèves. Les spectateurs. L'avenir.

AMOUR MORTEL

Gilles Abier

Surmontant sa timidité maladive, Lucie a accepté l'invitation au restaurant d'Antoine. Mais ce qui devait être un dîner annonciateur d'un futur excitant se solde par la mort aussi imprévisible que violente du jeune homme. Pur hasard ou mauvais sort ? Lucie n'est qu'au début de son cauchemar...

TOUT SEULS

Marion Achard

Malo arrive à s'extraire de la voiture écrasée sur le bas-côté. Plutôt que d'attendre les secours, le voilà qui se met à courir, fuyant la scène macabre, le visage inerte de son père reposant sur le volant. La vraie urgence, c'est d'aller retrouver sa petite sœur Siloa. La peur d'être séparés va pousser les deux enfants sur les routes, avec en tête le rêve fou de rejoindre au Maroc leur mère qui les a quittés depuis des années.

BRISE GLACE

Jean-Philippe Blondel

Solitaire, secret, Aurélien n'aspire à rien d'autre qu'à oublier et se faire oublier. Mais dans son lycée, Thibaud semble s'être focalisé sur lui, décidé – pour quel motif ? – à briser la glace et à gagner son amitié.

JACK

A. M. Homes

Traduit de l'américain par Jade Argueyrolles

Les choses se sont enfin calmées après le divorce de ses parents, et Jack voudrait simplement mener une vie normale d'ado. Mais tout déraille à nouveau quand son père lui révèle qu'il est gay et qu'il vit en couple avec son "vieil ami" Bob. Ça, Jack voudrait aussitôt l'oublier.

J'ME SENS PAS BELLE

Gilles Abier

Sabine ne voit pas comment elle pourrait plaire à ce garçon superbe. Pourtant, Ajmal l'invite à prendre un verre. Et c'est le début d'une histoire d'amour passionnée et… compliquée : Ajmal est un Afghan sans papiers. Cela ne convient ni au père de Sabine ni à la police.

VOIE INTERDITE

Anne Vantal

Un jeune homme se cache au fin fond d'une forêt dans un campement abandonné et isolé. Il entreprend de survivre là, en autarcie, introuvable, jusqu'à se gommer de la surface du monde. Pour combien de temps ? Que fuit-il ? Son seul risque, se laisser gagner par les démons de ses souvenirs…

(RE)PLAY !

Jean-Philippe Blondel

Pour la venue d'un célèbre critique rock, des groupes du lycée vont pouvoir se produire. Mais celui de Benjamin n'existe plus, il a explosé… comme son amitié avec Mathieu. Et si c'était l'occasion de "rejouer" le passé ?

UNE DERNIÈRE CHANCE

Seita Parkkola

Traduit du finnois par Johanna Kuningas

Élève difficile, Viima est envoyé à l'École de la Dernière Chance, véritable centre de redressement où il doit renoncer à tout. Mais que signifie le marquage des élèves ? Et cette rumeur sur une galerie de masques ? La lutte captivante d'un garçon ordinaire contre un pouvoir magique et tyrannique.

CONTRE COURANTS

Richard Couaillet

Qu'est-ce que ça veut dire avoir dix-sept ans à la campagne, avec un frère aîné qui fout la honte ? Solitude, besoin qu'il arrive quelque chose, envie désespérée de rester accroché au regard d'une inconnue croisée dans la rue, nécessité de chercher les mots. Quitte à se mettre en danger…

SOUS LA PISCINE

Justin D'Ath

Traduit de l'anglais (Australie) par Estelle Jacquet-Dégez

Un phénomène étrange s'est passé à la piscine de New Lourdes (Australie) : le niveau de l'eau s'est miraculeusement incliné. Wolfgang, adolescent timide, y travaille cet été-là et rencontre Audrey : une jeune aveugle qui l'attire irrésistiblement dans son monde trouble et surnaturel.

Ouvrage réalisé
par l'atelier graphique Actes Sud,
achevé d'imprimer
en février 2015
par l'Imprimerie Floch
à Mayenne
pour le compte
des éditions Actes Sud,
Le Méjan place Nina-Berberova,
13200 Arles.

Dépôt légal 1re édition : mars 2015
N° impr. : 88063
(Imprimé en France)